德国家庭教育读本

童话

知道怎么办

看德国家长如何与孩子一起阅读童话

[德] 梅拉尼·梅德拉 /
[德] 丹尼尔·瑞内梅尔 著

余 荃 译

中国铁道出版社
CHINA RAILWAY PUBLISHING HOUSE

北京市版权局著作权登记 图字 01-2015-6878 号

图书在版编目（CIP）数据

童话知道怎么办 /（德）梅拉尼·梅德拉（Melanie Medla），（德）丹尼·瑞内梅尔（Daniel Reinemer）著；余荃 译 . — 北京：中国铁道出版社，2017.4
ISBN 978-7-113-22914-6

Ⅰ . ①童… Ⅱ . ①梅… ②丹… ③余… Ⅲ . ①童话－文学研究－世界②儿童心理学－研究 Ⅳ . ① I106.8 ② B844.1

中国版本图书馆 CIP 数据核字（2017）第 053318 号

Published in its Original Edition with the title
Märchen machen stark: Geschichten gegen Kinderängste und Alltagssorgen
Copyright © 2014 Compact Verlag GmbH, München
This edition arranged by Himmer Winco
© for the Chinese edition: China Railway Publishing House

本书中文简体字版由北京 **Himmer Winco** 永固兴码 文化传媒有限公司独家授予中国铁道出版社。
本书文、图局部或全部，未经同意不得转载或翻印。

书　　名：童话知道怎么办
作　　者：［德］梅拉尼·梅德拉 /［德］丹尼·瑞内梅尔　著
译　　者：余　荃

策划编辑：付巧丽
责任编辑：范　博　　　　编辑部电话：010-51873697
编辑助理：王　鑫
责任印制：赵星辰

出版发行：中国铁道出版社（100054，北京市西城区右安门西街 8 号）
网　　址：http://www.tdpress.com
印　　刷：北京铭成印刷有限公司
版　　次：2017 年 4 月第 1 版　　2017 年 4 月第 1 次印刷
开　　本：710mm×1000mm　1/16　印张：13.5　字数：112 千
书　　号：ISBN 978-7-113-22914-6
定　　价：45.00 元

前　言

　　当孩子陷入到恐惧和忧虑中，他们往往会求助于童话故事。这些充满魔力的故事中，包含着各个民族的智慧和经验，足以应对孩子们所能遇到的挑战。

　　童话没有固定的时间和地点，而是用独特的语言风格和多彩的图形图画来打动和启发读者。恐惧、悲伤、忧虑、家庭、工作、爱情、幸运、勇气、理性和追寻自我，这些是全世界的成人和孩子都要面对和处理的问题。

　　故事中总会设置一位需要面对各种挑战的主人公，通过解决这些问题，主人公逐渐长大成熟，并最终成功地改变了生存状况，争取到一个圆满的结局。

　　这时候您也许要问，有些童话并不是大团圆的结局啊？是的，的确如此。可是，这也是童话告诉读者的道理之一：生活中总有一些问题，是我们无能为力、无法改变的，这些问题可能会令我们痛苦地难以承受。我们只能用沉默隐忍的方法，去面对这些问题带来的担忧和恐惧。这无疑能教会我们更加深刻地理解生活的含义。

　　本书会引导读者重新探索童话的世界，带着喜悦和紧张的情绪挖掘童话世界的宝藏，教会读者如何栩栩如生地讲故事。同时，也能够让大人们学会如何通过给孩子们讲一些耳熟能详的童话故事，来帮助和引导孩子学会克服成长过程中可能遇到的难题和挑战。

　　请和您的孩子一起阅读本书，和童话中的主人公们一起，成长为一个强大、自信、有主见的人吧。

　　衷心地愿您阅读愉快！

目　录

引　言

"很久很久以前……"这句话是开启魔法世界的钥匙，它会带你进入一个青蛙能变国王、小人物能变大英雄的童话世界。想一想，童话故事的本质是什么，它为什么能够对孩子们造成如此大的影响，以及您如何教会孩子有创造力地转换这些童话。

关于本书

在童话故事创造的魔法世界里，孩子和成年人可以轻松地处理和解决难题。由于不同年龄和阅历的读者视角各异，他们关注的主题也有所不同。

本书的童话故事节选自《格林童话》，每一个故事都有一个特别的主题。为了方便孩子阅读，部分语言风格可能会做些许改变，但故事的基本情节和基调绝对会尊重原著。在所有类型的童话故事中，民间故事是最适合传递建议、激发自信的一种。为什么这样说呢？您可以在17页的白雪公主和长发公主这两个故事中找到答案，看一看童话主人公们是如何努力获得希望和自信的。

本书作者建议

本书中的15个童话故事分别涉及以下主题：

- 谎言（侏儒怪）
- 恐惧（汉斯和格瑞特）
- 勤奋、懒惰（霍勒婆婆）
- 耐心（霍勒婆婆）
- 承诺与信任（青蛙王子）
- 与众不同和困难重重（刺猬汉斯）
- 压力（兔子和刺猬）
- 困扰（画眉嘴国王）
- 分享（星星塔勒）
- 孤独（星星塔勒）
- 嫉妒（白雪公主）
- 重组家庭（灰姑娘）
- 尊重（蜜蜂王后）
- 团队精神（不莱梅音乐家）
- 死亡（死神的使者）
- 悲痛（约丽丹和约雷德尔）
- 警惕（狼和七只小羊）

每一个主题都会启发读者的思考。当您和孩子一起有创造力地复述并讨论了这些故事之后，您就会从中提炼出许多道理。本书的童话故事带

则会让您有所迟疑，不太确定它想要表达的意思是什么。这时候，您就可以参考最后一部分的指示，以便理解童话中的内涵和道理，把它归入到合适的主题中去。您也可以尝试着用新的视角来理解童话故事，根据自己孩子的具体情况来对他进行引导，帮助他成长。

如果遇到复杂的心理问题，一定要寻求专业帮助。如果遇到涉及心理学或者心理治疗方面的问题，也请您求助专业人士，本书并不能代替治疗。

有相应的注释，故事后面会设计一些问题、练习和游戏，需要您在讲完故事后，引导孩子完成这些附加内容。设计这些练习和游戏的目的是加强读者的个性或帮助读者克服生活中的困难。

本书中的故事均节选自《格林童话》，如果您的孩子不喜欢听本书中节选的故事，您也可以根据主题选择其他童话故事讲给孩子听。

把心理学方面的专业知识通过童话故事融入到教育中去，这需要一些具体的方法和勇气。请您和孩子一起，在童话中开启发现之旅吧。

您会发现有些童话中所讲的道理很容易进行分类，但是还有一些

什么是童话？

童话内涵层次丰富，能够潜移默化地影响我们的固有观念。比如本书中选取的这些童话故事，就能够把读者代入到固定的主题中。每个人都是独立的个体，如果您的孩子想要按照自己的意愿来选择要读的童话故事，请您给予孩子信任。即使孩子的选择明显与实际情况不符，或者根本在本书中没有涉及，您也要应孩子的要求，为孩子读那些他喜欢听的故事。如果他特别喜欢某一则故事，那么这则故事就很有可能成为引导和教育孩子、促进孩子个性发展的良药，会在潜移默化中对孩子产生积极的作用。希望您有兴趣和您的孩子一起尝试着发挥想象力和创造力，把本书中的故事做另外的解读，或许您会发现新大陆，从中提炼出更多的人生道理。

本书的使用说明

什么情况下，本书对您的帮助最大

　　还在懵懂之际，孩子们就已经或多或少地意识到本书中涉及到的许多主题了。随着对周围事物的理解越来越深入，孩子们对这个世界的感受也会不断地发生变化。有些问题会让孩子们感到困扰，带来紧张情绪，他们的视野也会就此打开。渐渐地，您的孩子会扩大自己的活动范围，更加自主独立，因而有可能亲身经历一些问题，比如疏离和压力。随着周围环境对孩子的影响进一步扩大，重组家庭这个社会现象也会进入他的视线。无论是"被动地"经受考验，还是"主动地"观察获悉，本书都会为您和您的孩子提供有益的帮助。

如何使用这本书

　　本书既可以充当家长教育孩子的参考书，又可以当做孩子的童话故事书。参考书部分涉及的内容适合成人的理解能力，您不必把这部分内容念给孩子听。只有保留了童话故事的神秘，它的效果才能发挥到最优。因此，如果您的孩子要自己读这本书中的故事，尽量不要让他受故事主题相关注释的影响，以便给孩子创造一个自由想象的空间，让他们能够自己理解故事，解读人生道理。

讲故事前的准备工作

· 首先，请您认真阅读15页的"与孩子们一起读童话故事"的注意事项。

· 根据您和孩子的能力、兴趣，选择合适的转述方式（23页），并准备好所需的材料和工具。不要害怕尝试那些看上去似乎有些不靠谱的新方法。只要迈出这一步，您就会发现，孩子和您都会从这番特殊的经历中获益匪浅。

· 先读一读每个童话故事前的主题部分，然后再开始讲故事，要记住，这个时候千万不能去看注释。

· 注释的作用就是引导您理解故事的主题。您一定要先读故事，让孩子发挥主观能动性，对故事有自己的理解和解读后，再读注释。

· 看一看那些为孩子们设计的问题，您可以根据自己的需要对这些问题进行改编，从而确保您和孩子之间的互动顺利进行。

给孩子讲本书上的故事之前，请您留出一两天的时间，提前阅读一下这些故事，体会故事中的含义，对接下来讲故事的工作形成一个初步的想法和规划。

怎样和孩子一起讲故事

· 为您和孩子辟出特定的一段时间，以及一个安静的空间。

· 给孩子阅读他所选择的童话故事。

· 选择一种讲述方式。

· 您可以在故事讲完之后，向孩子提一些问题，如果孩子情绪低落，反应迟钝，有可能是因为他需要更多考虑的时间。您可以把讨论时间推迟，或者放到另外一天进行。

· 和孩子一起，从故事后面的练习和游戏中选择孩子感兴趣的项目来完成，并考虑一下，为什么孩子会选择这些练习或游戏。

完全消化和吸收一个主题或一则童话故事是需要时间的。讲述童话故事的内容和方式，这两者是不可分割、一次完成的，但是后续的讨论工作却是需要"层层推进"的。童话故事对意识的影响是很深入的，因此，孩子听完故事后所形成的碎片式的想法、问题和认识需要一定的时间，才能像水中的气泡一样显现出来。因此，如果您的孩子听完故事以后，完全没有兴趣再进行讨论，那么就请您把讨论推迟到明天或者后天吧，他们总有一天会有兴趣参与讨论的。如何能够提高孩子的兴趣呢？邀请一些小朋友一起来听故事，往往是最有效的一种办法。只需要尝试一两次后，您就会发现，孩子们听完故事进行讨论和隔上一两天再进行讨论的效果几乎相同，差别并不大。如果您不相信的话，不妨带着好奇心一试。

如何引导孩子进入童话世界?

除了童话故事本身之外,孩子听故事的环境也很重要。您对孩子浓浓的爱意和特意为他安排的时间,都是创造优越环境的重要组成部分。

讲故事的"最佳"时间

您必须把童话时间加入您的日常计划中,并开辟出整段的时间。如果您

喜欢用特殊的讲述方式,那么您就需要整个下午,甚至一整天来给孩子讲故事。进行猜谜语和角色扮演是不错的选择,这样会调动孩子的积极性,比如涂上壁炉灰来扮演灰姑娘,对一碟巧克力豆进行"分类"。这样的游戏每个孩子都会喜欢的(参看163页的游戏建议)。

如果您想给孩子讲一个睡前故事的话,就必须确保讲的这个故事是孩子喜欢听的。如果睡前故事的内容丰富多彩、梦幻浪漫,那么就会对孩子产生深刻的影响。尤其在即将入睡,大脑放空的无意识状态下,孩子们最容易受到影响。

讲故事的地点

地点可以选择任何地方,室内和室外都可以,只要不被来电铃声打扰即可。

如果您能够给孩子提供这样的环境,那么一定会让他印象深刻的:点一支蜡烛或者生一堆火,一张供孩子倚靠的垫子,或许可以再加上一些和所讲故事相关的装饰,比如一个红苹果、一个胡椒蜂蜜饼、一只旧纺锤等等。

如果您能够辟出固定的时间给孩子讲故事,那么下面这些道具就能

帮助你创造一个特别的气氛:一本漂亮的童话书、一个只在听童话故事的时候才能拿出来的水晶球、一个会讲故事的布娃娃、一首童话世界里跳舞用的伴奏曲(当然你还可以什么都不做,只是静静地听)。设计您自己的道具,把和孩子一起度过的童话时间变成孩子独一无二的回忆吧。

照本宣科还是自由发挥?

　　几个世纪以来,童话故事的传播形式都是以口述为主,即便到了现代社会,也不会有人整天扛着童话书(虽然电子书已经逐渐改变着人们的阅读方式)。口述的方式虽然方便,但是却避免不了遗漏、编造和增添故事内容。经过了讲述者根据个人经验的加工润色,童话故事很有可能会烙上讲述人自己的印记。为了让童话故事发挥出其原有的引导作用,指导孩子成长,您需要从本书的故事中按照您教育孩子的需求,选取合适的部分,读给孩子听。

民间童话、艺术童话、寓言和神话的异同

童话故事有不同的形式，例如，民间童话、艺术童话、寓言和神话。它们的形式和来源各有不同，但也有一些相同的特征。

民间童话

民间童话是一个民族智慧的结晶，蕴藏着整个民族的聪明才智、生活经验、向往和希望，还有普适的价值观。每一种文化和每一个时代都有自己的民间童话。许多民间童话是通过口口相传的方式，一代一代地流传下来的，以至于我们已经无从考究它们的产生时间和最初的创作者。在这些奇妙的故事中，包含着祖先们的生活智慧，因此，民间故事往往最赋有教育意义，而这一点正是它们能够经久不衰的秘密。

19世纪的时候，格林兄弟致力于收集民间童话，而这些童话故事正是我们现在所熟知的《格林童话》。正是由于他们的努力，才使得这些代代口口相传的童话故事焕发新生，在内容和语言上得以统一，最终以其独有的、典型的语言和形式而扬名天下。

艺术童话

和民间童话相反，艺术童话并非来自民间创作，也并不需要通过口头传播，而是由某位作者记录下来的。丹麦人汉斯·克里斯蒂安·安徒生（1805–1875）就是一位著名的艺术童话家。他创作童话故事的本意极少在于传播"教育意义"，而是更多地受到个人旅行经历和愿望的影响，想要把孩子和成年人都带入到他的童话世界里去。

寓言

寓言通常是以会说话的动物为主角，只需很少的篇幅就能够点出"故事的道理"。著名的寓言故事家伊索（公元前6世纪）曾经是饱受压迫的奴隶阶层中的一员，他不能用文字直接批判统治阶级的暴政，因此，他把自己对世界的看法隐藏在了寓言故事中，并在故事的结尾为读者讲述一条人生哲理。

神话

神话和民间童话相似度很高，它们都是采用口口相传的方式进行传播，并且都没有一个确定的作者。神话中的人物通常是现实中不可能存在的，或是来自想象中的天国世界，比

本插画是德国寓言大师博内尔（Ulrich Boner）《宝石书》（Der Edelstein）中的一页，该书可能是欧洲最早的木板插画图集，这页上展示的是15世纪的古德语花体，我发动了自己的资源都没有人认识，连我认识的德国人都没有人认识。不过我猜想本书作者放这幅木板插画的目的不是在于让大家读懂这个故事，否则他就会附上现代德语版的文字，因为这样的古德语即便是德国普通读者也看不懂。因此，我觉得作者应该只是想展示一下寓言故事这种童话形式兴起的年代有多久远罢了。

如巫师、仙女、巨人，或是小矮人，这些艺术形象和会说话的动植物，以及故事的主角共同组成了神话故事的内核。和纯粹虚构的童话故事不同，神话中的场景往往映射现实事物：提到的人物、事件或地点是真实存在的，比如巨人山里的妖怪，臭名昭著的哈默尔恩捕鼠人，在莱茵河畔的罗蕾莱巨石上唱歌的女妖，还有神秘的尼伯龙根宝藏。尽管这些故事情节离奇、充满了超自然的力量，但是其中的有些景致还是有迹可循的。根据来源、情节和人物，我们可以把神话故事划分为不同的形式。

与孩子一起读童话故事

调动孩子对童话故事的兴趣有很多方法，本书中会为您提供一些建议。您不需要具备艺术天赋，更不需要熟识心理学和教育学，只需要遵循一定的规则，就能引导孩子打开童话故事的宝库。

不要破坏讲故事时的氛围

家长往往会关注童话故事背后的寓意，而通常情况下，孩子在听故事的过程中是不需要知道这些的。因为孩子们很容易沉浸到童话故事的情节中无法自拔，代入感强烈，格林童话中的民间故事就有这样的魔力。这时候再向孩子解释童话故事的寓意，无疑会打破这种氛围。

让孩子自己考虑答案

当孩子有疑问的时候，不要直接给出答案，而要先反问孩子："你觉得这是什么意思呢？"

和照本宣科比起来，激发孩子的想象力无疑更加重要。听完孩子的见解后，您就可以表达自己的观点或是向孩子传授一些关于这个主题的知识。

千万不要全盘否定孩子的见解，而是要保护他们对于魔法世界的美好想象。

再次阅读第10页的本书说明，在"保护孩子的魔法世界"和"向孩子传递故事寓意"之间找到平衡点。

相信您的孩子

要让孩子知道，童话故事也不全都是美好的，不要回避向孩子讲述故事中的黑暗面。况且，孩子的理解经常和成人南辕北辙，成人认为残酷的情节在孩子的眼里往往是不一样的。

在阅读故事的过程中，如果您认为其中的某些情节不适合讲给孩子听，或者会对孩子造成不好的影响，请您尝试着和孩子就此进行沟通。沟通之前，您需要自己先把故事通读一遍，找出相应的解决方案。

和孩子共同讨论童话故事中的情节，会增强孩子的自信，使你们之间的关系更加融洽和谐。

关于童话故事中的残酷情节，请您参看白雪公主这个故事，了解美丽善良的主人公是如何抗争命运，最终自我救赎，获得新生的。

白雪公主、长发公主
——童话中的主人公们如何令自己更强大

通往童话世界的大门

作为家长，您一定常常会被这个问题所困扰：童话故事到底有没有现实意义，并且能够满足当下的教育需求。童话故事中所描述的年代和事物，对于现代的孩子来说已经很陌生了，许多孩子根本不知道纺锤[1]是什么东西，不知道妻子还有另外一个称谓叫拙荆[2]。而童话的魅力正在于此：故事发生在一个充满魔法的世界里，而这个世界中的一切都似乎与我们的现实世界毫不相关。只需一句"很久很久以前……"或者"如果她没有死的话……"您就能把孩子们带入到童话的世界里去。这些引入语就像是打开童话世界大门的金钥匙一样。不过，年代久远的童话故事也会带来一些额外的财富——古老的语言是民族文化的瑰宝，我们应该将其传承下去，而不是任其消亡，即便生活中使用不到这些词汇，也至少要做到认识它们。

没有任何一盒录音带、一张CD，或是一部电影能够代替父母给孩子讲故事。孩子对爸爸妈妈或者爷爷奶奶的声音很熟悉，对于孩子来说，家长就是他们的保护神，能够为他们遮风挡雨、克服一切困难，因此家长的声音中传递的就是安全和温暖。

童话缓解冲突

童话就是孩子的密友，陪伴着孩子度过整个童年。孩子的脑海中记住的不仅仅是故事的情节，还有听故事时和爸爸妈妈亲密互动、温馨甜蜜的感觉。童话故事中蕴含着思念和希望，当然还有恐惧和忧虑。了解童话故事中主人公的艰难命运后，您就能更加坦然地面对困难、应对挑战。

没有任何一种文学类型能像童话故事一样，把"禁忌"的感觉，比如对父母的愤怒展现得如此尖锐。父母往往是制定规则的人，而有些规则甚至是无理的，会造成一些痛苦。在童话故事中扮演类似反面角色的往往是继母，这样一来，对父母的愤怒在童话的魔法世界里就变成了一件顺理成章的事情。

许多童话故事里还展现了兄弟姐妹之间的冲突，这些冲突都是符合

---

1 古老的一种工具，纺线的时候转动。
2 妻子在古时候的称谓。

大家日常认知的，比如嫉妒、竞争和巩固地位等等。另外，童话故事也是不良情绪的出口，比如在处理父母的问题方面，或是宣示了这样的信息："齐心协力就能迎接一切挑战！"个人为团体，团体也为个人。

童话让人强大

童话故事最大的作用就是增强读者的自信。无论童话中的主角多么弱小和"愚蠢"，他们总是能够找到解决问题的办法，赢得好的结局。因此我们要说，童话让人变得强大。

童话映射现实

童话陪伴着我们，就像亲朋好友一样无处不在，在我们的生命中留下不可磨灭的痕迹，是我们人生交响曲中的华彩乐章。那些故事令我们感动，把我们带入到另外一个神秘的世界里，可是却处处映射和描述着现实生活，传递着我们的愤怒、希望和嫉妒。我们宁愿时时沉浸在这样一个世界里。如果您仔细观察孩子就会发现，他们会在某个时间段内特别钟情于某个童话故事，就算听上许多遍都不会厌烦。这恰恰是孩子向您传递的信号，告诉您他的兴趣所在。比如一个因颅脑损伤而格外嗜睡的孩子就会每天缠着妈妈，要听睡美人的故事。这个孩子长大成人后才明白自己为什么会格外偏爱睡美人的故事，那是因为他能够切身体会到从沉睡到苏醒要克服多大的困难，是一个多么艰难的过程。

是什么让童话成为童话呢？为什么现代社会中，童话故事对孩子和家长都非常重要呢？

童话故事的本质

为了更加深刻地理解"童话现象"，以及了解童话故事对成人和孩子的重要性，我们首先需要认识童话故事的理论架构。20世纪伟大的童话家马克思·卢瑟向我们揭示了童话之所以成为童话的秘诀所在，那就是单维、浅显、孤立和团结，以及抽象化的风格。

单维

童话中的人物形象一般分为两

类，一类是超自然人物，一类是行为人。超自然人物通常是虚构出来的，如女巫、魔法师和小矮人，还有那些有魔法的小动物。而童话故事的主角（也就是行为人），通常意识不到现实和虚幻的区别，因此主角们并不会认为动物会说话、精灵到处跑是奇怪的事情。即使主人公自己生活在现实世界里，他也能毫无障碍地和这些虚构人物进行沟通，甚至还可以从他们的手里得到礼物，但这些并不能改变主人公属于现实世界的这个属性。

浅显

童话故事架构简单，主人公和虚构的超自然人物既没有内心活动，也没有先祖和后裔。时间坐标几乎不起什么作用，读者的注意力会全部放在当下发生的事情和情景上。

只有当人物的感受有助于推动故事情节时，我们才会感同身受，尤其是破除魔咒的时候。比如，长发公主这个童话故事中，我们不会觉得主人公是在哭诉自己的不幸，反而会认为她的眼泪是为了救活爱人而流、为了让童话故事有一个美好结局而流的。又如，像青蛙王子中之所以浓墨重彩地描述公主觉得青蛙有多么恶心，正是为了推动情节发展，引出公主把青蛙摔到墙上破除了诅咒青蛙王子的魔法这个情节。

孤立和团结

童话中的主人公通常形单影只，独自一人到处流浪，这其中的原因很多，比如失去父母，又或者只是想逃避一场检查而已。

童话中的情节往往是分离开来的，每一个事件、场景都是独立的，互相之间并无关联。

抽象化的风格

"从前……""如果她没有死的话……""如果愿望能够实现的话……"这些固定的表达模式共同形成了童话抽象化的风格。

典型的例子如下：汉斯和格瑞特中的2个孩子，蜜蜂王后中的3兄弟，狼和7个小羊中的7只小羊，还有睡美人中的12个仙女。

语言上（"魔镜，魔镜告诉我……"）或情节上的重复（"三兄弟必须同心协力克服困难"）往往能够引发读者的注意力。孩子长大后，即便已经忘记了童话故事的具体内容，却还会把这些曾经在故事中不断出现的语言和情节牢记于心。

许多童话故事都涉及到了求爱和婚礼这两个场景，这其中隐藏着性暗示，比如青蛙王子中的青蛙想要睡在公主的床上，尽管童话故事中的这些性暗示比较隐晦，我们还是能够下意识地注意到它。

童话故事中往往存在夸张的两极分化，比如贫富、美丑等等，这样就能让孩子对其有一个清晰的定义，尽量

杜绝使用一定程度上的模糊词，从而避免了定义不清晰导致的内心分裂。

童话重塑孩子的心智

孩子很容易被童话所影响，对其深信不疑。因此，童话故事就成为了教育孩子最便捷的工具。

孩子一般不会质疑虚构人物的真实性，即便从来没有见过圣诞老人，孩子们也会相信圣诞老人确实存在，当然也会相信确实有小朋友曾经和仙女一起旅行过。看不见的朋友也是有名字的，他们一定正和我们坐在一张桌子上吃饭。童话故事中的主人公也不会怀疑故事中其他超自然人物的真实性，比如会说话的树、乐于助人的小精灵，或者金头发的魔鬼。

只要家长成功地营造出神秘的氛围，再说上一句经典开头"很久很久以前……"马上就能把孩子带入到童话世界中去。这样的开头是童话故事的专利，试想一下，当你听到"很久很久以前……"的时候，除了童话故事，还能想到什么文学体裁呢？

童话中的对比也很明显，比如贫富、美丑等等，想一想格林童话中的故事，让孩子清晰地分辨好坏、了解贫富，对塑造孩子的价值观和内心世界大有裨益。这一特点能够迅速被孩子们下意识地在字里行间捕捉到，

从而让他们对童话语言产生感知，用"美"的语言所描述的，往往是"好"的事物，而"丑"则对应着"坏"。

这样一来，孩子和家长都能够迅速判断出正面和反面人物。

现当代那些复杂的魔幻文学如美国作家罗琳的《哈利·波特》等作品在文中安排了大片篇幅，用于描写主人公和他的内心世界（感受、经验等等），虽然这样的作品场景宏大、引人入胜，但读者却很难定义其中的角色是好是坏。

童话故事语言和场景上的重复有助于让孩子的思维紧跟故事情节，将自身的感受代入到主人公的身上，和主人公同呼吸共命运。如果能够跟随童话中的主人公边玩边学，孩子们就会在寓教于乐中得到最宝贵的财富——耐心和自信。而要在现实生活

中锻炼出孩子的这两种品质，则需要家长花费很大的功夫和时间。

童话中的黑暗面

许多家长都在犹豫到底要不要把童话故事中的黑暗面讲给孩子听，比如烧死女巫、挖出眼睛，或是剁掉手脚。担心这些让孩子们感到惊恐、不利于他们心灵健康成长的情节所造成的恐惧会延续很长时间，影响深远。二十世纪六七十年代，格林童话就曾因为其中的恐怖情节险些成为禁书。

而那些反对禁毁童话故事中黑暗情节的人，其论据如下：

通过了解童话故事中的黑暗面，孩子们也就能够对现实世界有一个更加清晰全面的认识，从而知道现实世界中不仅有美好，也有丑恶。相关调查证明，童话故事中描写的黑暗面只是现实世界中的冰山一角。通过阅读这些情节，孩子们就能知道，生活中有时候就是会出现不公平和困难，但是仍然不要放弃希望，因为即使最弱小的力量也能通过不懈努力赢得最终的胜利。

家长们之所以觉得童话故事中的某些情节格外残忍，是因为成人往往会把从电视上看到的具象化的图像、声音与童话故事中的情节联在一起，这就相当于，成人不仅听到了女巫会

被烧死，还亲身"经历"了声嘶力竭、痛不欲生。孩子们通常不会有这样的感受，因为对于他们来说，一切都是抽象的。

总的来说，孩子们要具备清楚分辨好坏的能力，而且也不会觉得诸如主人公把狼开膛破肚这种事情有多残忍。孩子的世界里，脸谱化最重要，比如邪不压正；而看似残忍的情节则不那么重要。

或许您很熟悉如下场景：您正在给孩子讲故事，突然看到了一段貌似残忍的故事情节，并且因此而中断故事的讲述。但是您的孩子这时候却兴趣正浓，很渴望继续听下去，想知道接下来发生了什么，想知道主人公是如何克服困难的。而当故事的结局到来、主人公成功克服困难之后，孩子就会欢呼雀跃！

童话故事会让孩子对不同的情绪和感受有所认识：愤怒、贪婪、仇恨、嫉妒……通常这些情绪是故事中的其他人物带给主人公的，比如女巫或者淘气的妹妹。这些情绪是一直贯穿始终、反复出现的，比如白雪公主即使翻过七座大山，也不能够消除继母的妒忌，她必须直面继母的这种情绪，直到战胜继母，赢得胜利为止。

系，孩子会感觉父母陪着自己一起经历了恐惧和危险，带领着自己尝试着解决困难、降妖除魔。讲故事的时候，孩子们就是主人公，因此他们就能够获得希望，甚至建立起自信心，从而改变今后的人生道路。

游走在现实和童话世界之间的成人

童话还能给成年人带来很大的好处，成年人也有过童年，也有过愿望，也曾经在童话的世界里尽情徜徉。在给孩子讲故事的时候，只要把自己年幼时的感觉唤醒，把曾经的想象重建就行了。而和同伴们分享童话故事，也有利于孩子交到志同道合的朋友，在这一点上，童话故事扮演了颇为重要的角色。

风雨同舟，共渡难关

讲故事可以巩固和加强亲子关

选择合适的转述方式

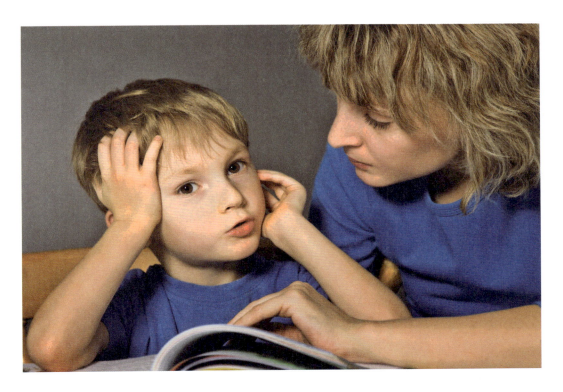

自由复述

准备工作：

时间
注意力

　　这种方法看似容易，实际上却需要您有足够的耐心来听孩子复述整个故事。

　　复述者需要时间来对童话故事进行重新加工，因此您需要孩子在听完故事后给他预留足够长的时间，让孩子对童话进行"消化理解"，以防复述变成了"流水账"。最好的时间间隔为半天或一天，当然也不能隔得时间太长。您还可以利用这段时间按照故事情节的发展画几幅图，引导孩子进行复述。

　　复述的过程中您要注意：

全神贯注，不要打断

　　复述的目的不是要求孩子准确地还原故事情节，而是要发现故事中哪些地方令孩子的印象最深刻，或对孩子的内心触动最大。

经常在童话故事复述完之后，会发现遗漏，遗漏的部分之后补上即可，有时候孩子会凭自己的想象对故事中的某些情节或场景进行改编，或者干脆直接跳过。这时候不要打断他进行修正，以免给孩子造成压力。

和孩子一起讨论

童话故事紧张的情节、多变的内容是您和孩子讨论的天然话题。您可以这样问孩子："你为什么觉得公主把青蛙往墙上扔很有意思呢？"或者"青蛙想用公主的盘子吃东西，对吗？"

通过提问，您就能发现孩子对童话故事中的哪些情节感兴趣，对哪些情节没有印象。您可以根据孩子的年龄大小和理解能力来决定和他只讨论"童话世界"里的事情，还是通过继续提问题引导他认识一下现实世界："有没有别的小朋友用你的盘子吃过东西啊？"

创意制作

准备工作：

硬纸板、铜版纸、报纸、剪刀、胶水
羊毛和毛毡
所有你能收集到的做手工的材料

做手工给孩子们提供了一种表达内心想法的新方法，这种方法能将童话故事"鲜活直观"地展现出来，我们可以做拼贴画、毛毡画、玩偶挂件，或者插图册。

下面的这些建议有助于您更好地规划创意表演：

拼贴画

拼贴画可以用报纸插图、自己画的图片，还有一些其他的天然材料制作。只要是和童话故事内容或主题相关的材料，都可以拿来一用。找一块硬纸板，把这些材料贴上去，方便悬挂。

毛毡画

对于孩子来说，制作毛毡画并不是一件很困难的事情，您可以在书店和网络上找到很多关于如何制作毛毡画的专业书籍。

取一块毛毡，和孩子一起把童话故事中的场景画在上面，再用针线绣出来，挂在墙上。如果孩子太小，为了防止被针刺伤，可以让孩子用水彩笔把场景画在毛毡上。水彩画通常线条简单，也能给孩子留下许多想象的空间。我们还可以在布置手指人偶小剧场的时候，把毛毡画挂在后面当背景。

玩偶挂件

用羊毛和铁丝就可以制作玩偶挂件了。这种玩偶可以做为室内装饰挂在墙上或摆在桌上。制作方法您也可以在网络上，或手工图书里找到。

插图册

插图册的制作方法很简单，首先，您需要按照童话故事情节发展的顺序，将不同的场景画在纸上，其次，在每一张纸上打孔，最后，用毛线将这一沓图画穿孔绑起来，再加上绘有彩图的铜版纸封面和背面。一本插图册就大功告成啦。

画画

准备工作：

空白画纸
根据需要选择以下绘画工具：蜡笔、颜料、彩笔、水彩笔
另外还需准备垫子和擦手用的毛巾胶带

培养一名绘画艺术家需要花很长时间，所以不要担心您的绘画技术，和孩子一起发挥创意，共同作画才最重要。画出童话故事中令您印象深刻的两个场景，绘画水平有限的话，就用色彩和简单的图案来表达自己的感觉。也许您和孩子的作品会大相径庭，这种结果正是我们想要的。仔细观察，发现童话故事中的那些细节吧！

画完之后，把您和孩子的作品摆放在一起，找出这些场景在童话故事中出现的先后顺序，并按照这个顺序重新进行摆放。

请您和孩子一起看着图画，讨论一下图画中的场景，解释一下为什么要用这样的颜色和图形来表达此场景，以及这些图画引发了你的哪些思考。

后续加工

把这些图画挂在墙上，几天后

再对它们进行观察，看一看您对图画和童话的感觉有没有发生改变，以及有没有必要添一张新图。

　　和孩子一起决定如何处理剩下的图画，把它们制作成一本小图画书，还是作为拼贴画的原材料。

注意！

　　请不要评价孩子的画，更不能带着心里预期去查看孩子的作品。给孩子足够的空间进行自由发挥，请您保持开放和好奇心态！

角色扮演

准备工作：

旧衣服、手绢、围裙、帽子、小皇冠、棍子……

　　孩子的天性决定了他们很容易沉浸在想象的世界里，将自己代入到某个角色中去。所以，家长不用担心孩子在角色扮演的时候不配合，您只需要问孩子一句："我扮演仙女行吗？"就一定能够得到一个肯定的答案——好呀！

　　角色扮演对您和孩子都十分有

益。把自己变成童话故事中的一个角色，认真体会，尽情投入，表演一些平常极少有的情绪：好斗、愤怒、气馁、痛苦等等，也请孩子扮演一个角色，并要求他用心感受。或许在角色扮演中，孩子们会遇到美丽的仙女或恶心的青蛙。此外，孩子们还可以扮演邪恶的女巫，想体验一下拥有邪恶力量是什么感觉，角色扮演都可以帮孩子们实现。

只有亲身经历了他人的欢乐与痛苦，我们才能够感同身受。角色扮演恰恰就能为我们提供这样一个机会，让我们站在角色的角度上，强烈地感受角色的喜怒哀乐。

您可以严格按照"剧本"来安排演出，也可以尝试着让孩子对剧本"略加修改"，您是愿意完全沉浸在想象的世界里，还是希望加一些现实世界中的元素？

父母和孩子也可以在角色扮演中加入一些现实元素，比如隔壁聒噪易怒的女邻居代替书中的女巫被送进了"炉子"里，并通过一系列的努力重获魔法。您可以和孩子共同决定如何重现书中把女巫"塞进炉子里"这个情节，用旁白的方式，还是表演出来？

角色扮演能够用一种绝妙方式在梦幻的童话世界和真实的现实世界里架起一座桥梁。

手指玩偶

准备工作：

手指玩偶、提线木偶或者棋子
制作木偶剧场舞台的一些材料，比如木头或者硬纸板

除了上面提到的这些方法，手指玩偶也是个不错的选择。

尽管手指玩偶不如角色扮演那样，能让扮演者仿佛身临其境地感受到童话故事主人公所处的环境，但是也能够帮助部分孩子更加轻松地复述童话故事。您可以为木偶剧表演专门搭建一个舞台，开办一个木偶剧小剧场。

书写

有些人觉得改编童话非常困难，一旦赋予童话故事一个新的结局，或者添加一个新人物，就会牵一发而动全身，造成情节上的连锁反应，给自己增加很多工作。

不要做这种出力不讨好的秘书工作啦，把纸和笔交给孩子，让他们自己改写故事。

孩子从什么地方开始改，以及他能够发现什么并不重要，只要能重新修改故事结局就达到目的了。如果您的孩子想要从头改起，也是值得鼓励的。

认真阅读孩子改编后的童话故事，找出其中的某些点，和孩子进行讨论。

有时候孩子会设计几个新人物，家长可以向孩子提这样的问题：为什么要加上这些人物啊？有些人最后并没有得到惩罚，主人公找到了一个解决问题的新办法。不要对孩子改编的故事进行评价，做一个用心的倾听者即可，让孩子自

己讲述改编过程中的那些令他印象深刻的情节。

或许通过这样的方式，您就能发现孩子身上的问题：谁是现实世界中的"好仙女"？您会发现孩子身上有哪些地方还需要进一步促进和提高。主人公又想起了一个新的解决办法？能够进行改编，孩子必然是胸有成竹，有自己的一套解决问题的方法。

如果您不太理解孩子在故事中加入的一些新元素是什么意思，请直接询问孩子。或许这些新加入的情节或人物是孩子从自身的经历出发而改编的。

总之，通过书面改编，孩子能够把自己的想象付诸笔端，将自己的经历和童话主人公的经历结合起来，从而锻炼孩子多角度思考问题的能力。同时，在解决问题的过程中还可以加入一些"梦幻"元素。

"很久很久以前……"
15篇童话和它们的主题

本书收集了各个领域里的大量材料，借鉴了心理学科的临床治疗经验，以及教育学、临床医学、心理学和广大家长的经验及专业知识。每个参与者都为成书提供了宝贵的意见和建议。

本书的第一部分主要向您阐述了童话故事这一文学体裁的相关理论知识，以及如何通过再加工将童话故事渗入到孩子的血液中。

本书的第二部分将按照主题进行展开，每一个主题结合一个童话故事。您可以按照"从前到后"的顺序仔细翻阅本书，或者率先阅读您感兴趣的章节。但是不要忘记，您和孩子才是最了解自己的专业人士。有时候只需要换一个角度，或者从实践中获取一些信息和帮助，您就能够发现解决问题的新办法。

和孩子一起徜徉在童话世界里吧，让他们和童话中的主人公一起迎接挑战。

真话和谎言

　　"谎言腿短"这一句谚语在德国家喻户晓、妇孺皆知。匹诺曹的长鼻子也常常用于指代爱说谎的人。我们每个人都曾经被父母教育不要说谎，马克·吐温也一针见血地指出："歪曲真相之前必须首先了解它的本来面目"。

侏儒怪

从前有一个磨坊主，他虽然很穷，可是却有一个漂亮的女儿。有一天，他遇到了国王，为了满足自己的虚荣心，他向国王撒了一个谎："我女儿会把麦秆织成金线。"

国王惊讶地回答道："我非常喜欢这项技术，如果你的女儿真如你所说能把麦秆变金子，明天早上就把她带到我的宫殿里来，我要亲自检验。"

第二天，磨坊主硬着头皮把女儿带进了王宫里，国王领着磨坊主的女儿来到一间装满麦秆的屋子里，指着地上摆着的一台纺线车和一只纺锤命令道："现在你就开始干吧，如果到明天早上不能把这些麦秆全部纺成金线，那可就要掉脑袋了。"说完这些，国王就锁上屋子的门，把磨坊主的女儿一个人留在了屋子里。这个可怜的女孩儿害怕极了，她根本不知道怎么才能把麦秆纺成金线。时间一分一秒地流逝，她越来越害怕，终于抑制不住地大哭起来。就在这时，门突然开了，一个小矮人走进来对她说道："晚上好啊，可爱的姑娘，你为什么哭的这么伤心呀？"

"是这样的，"女孩儿回答道，"国王要把这些麦秆都变成金线，可是我根本不知道怎么办呀。"小矮人继续问道："如果我帮你把麦秆织成金线，你该怎么报答我呢？""我可以把我心爱的项链送给你，"女孩儿解下脖子上的项链，递给小矮人。小矮人接过项链，就立刻坐在纺车旁边动手织了起来。只见纺车呼呼呼转了三下，金线就缠满了整个线轴，他又换上一个新线轴，再呼呼呼转动三下，新线轴上又缠满了金线。就这样，小矮人一刻不停地忙到了天亮，把屋子里所有的麦秆都纺成了金线，屋子里都是缠满金线的线轴。

太阳升起来了，国王想看看女孩儿到底能不能变出金子来。他推开了屋子的门，被眼前的景象惊呆了。国王非常高兴，可是这些金子并不能满足他贪婪的心。于是，国王又把磨坊主女儿带到另一间装满麦秆的大屋子里，命令她再用一个晚上把这些麦秆纺成金线，如果完不成任务，就要被处死。女孩儿无助地呆坐在地上，害怕地哭了起来。就在这个时候，

屋子的门又开了，小矮人又出现了："我可以帮你的忙，不过，你打算拿什么报答我呢？"

"我手上的戒指，"女孩儿把手上的戒指拿下来，递给小矮人。小矮人拿过戒指，就坐在纺车旁一直忙到天亮，直到把所有的麦秆都纺成了金线。看到这么多金线，国王高兴得合不拢嘴，可是，他还是不满足，又把女孩带到一间更大的屋子里，指着一屋子的麦秆对她说："今天晚上就把这些麦秆全部纺成金线！如果你能完成，我就封你为王后。""如果她真能把麦秆纺成金线，"国王想，"那我就拥有了世界上最富有的妻子。"

国王走后，屋子里只剩下女孩儿一个人，小矮人又出现了："这回我帮了你，你打算用什么来回报我呢？"

"我没什么可以给你的了，"女孩儿回答道。

"那不如这样，你就把你和国王生的第一个孩子给我就行了。""谁知道以后会怎样呢，不如现在先答应他再说。"磨坊主的女儿心里暗暗想，因为在这个节骨眼儿上，除了小矮人，也没有其他的人可以帮她了。于是，她答应了小矮人的要求，小矮人再次帮助她完成了国王的任务，把一屋子的麦秆织成了金线。第二天早上，国王推开门，看到了梦想中满地的金线，于是，他遵循了自己的诺言，娶了磨坊主的女儿为妻。从此，磨坊主的女儿当上了王后。

一年之后，国王和王后生了一个漂亮的孩子，王后早已经将自己给小矮人的承诺抛在了脑后。突然有一天，小矮人来到了她的房间对她说："现在到了该兑现诺言的时候了，我的王后。"

王后惊恐不已，她不想失去自己的孩子。她对小矮人说道，如果小矮人能留下孩子，就算用整个国家的财富进行交换都心甘情愿，可是小矮人说道："这可不行，活蹦乱跳的小生命可是比什么都珍贵。"

王后心痛不已，痛哭流涕，见到这个景象，小矮人顿时心软了，他说道："我再给你三天时间吧，如果你在这三天内能猜到我的名字，我就把孩子留给你。"

王后整个晚上都在搜肠刮肚地想名字，第二天还专门派了一个使者，在全国搜集名字。第一天结束后，小矮人来到宫殿里，王后猜了很多名字：卡斯帕、梅尔科、巴尔策，把她搜集到的名字一一说了出来，可是小矮人总是说："我的名字不是这个。"第二天，王后的邻居跟她说了两个奇特少见的名字，王后问小矮人道："你是不是叫勒彭比思，或者恰姆尔斯瓦尔德，要不然就是施努尔博哥？"可是，小矮人还是说："这都不是我的名字。"

第三天，使者又回来了，他向王后说道："属下再也找不到新名字了，不过，我在一座高山后的密林里找到了一间小屋，小屋门前燃着一堆火，一个小矮人围着火堆又跳又唱的，嘴里还念念有词：

"今天烧烤，明天酿造，后天就要得到王后的孩子啦！太棒了，没有人知道，我的名字叫侏儒怪！"

听到这个名字，王后简直乐开了花。小矮人再次来到宫殿，问道："尊敬的王后，您猜出我叫什么了吗？"王后故意回答道："昆茨？"

"不是。"

"海因茨？"

"不是。"

"那一定是侏儒怪！"

"竟然被你猜出来了，这不可能，一定是魔鬼告诉你的。"小矮人气的尖叫起来，气的直跺脚，一下子把右脚插进了泥土里，不料他用力过猛，整条右腿都埋了进去，身体受不了这么强大的力量，瞬间被撕裂成了两半。

孩子爱说谎怎么办！

小孩子的天性一般都是纯真公正的，所以当父母发现孩子竟然会说谎的时候，就会感到非常震惊。可是，谎言的定义是什么？谎言的背后还隐藏着什么？我们要怎样处理？那些所谓的"善意的谎言"（参看下文）能被原谅吗？

谎言并不全都是谎言

从6岁开始，孩子就已经能够清楚地辨别现实世界和想象中的世界，具备足够的移情能力和抽象思维能力来初步判断自己的行为会造成什么样的后果。这些都是孩子采取说谎这种方式来避免受到惩罚的先决条件。

孩子的有些谎话，父母很容易就能识破，比如"善意的谎言：谢谢奶奶，这个礼物太棒了！"实际上却把礼物偷偷送给了幼儿园的小朋友。孩子之所以说这样的谎就是为了避免伤害他人的感情。

请您想一下，这种情况下有没有一种既说了真话，又不伤害他们感情的做法。

害怕被惩罚、避免丢面子、压力过大，以及争取赞扬是孩子说谎的主要原因。而说谎其实会令孩子非常不舒服：谎言总有一天要大白于天下，而保守谎言所带来的痛苦却会折磨他很久。

为什么我的孩子爱说谎，我能做些什么呢？

对于新晋的这些"匹诺曹的父母们"，我的建议是：别紧张，心情放松！您的孩子很正常，心理也很健康。说谎这项技能需要孩子具备敏锐的观察力，对当下的状况有合适的判断，衡量结果的能力，移情能力以及一定程度的表演能力。

请您仔细思考下面这些问题：您碰到孩子说小谎和说大谎的几率分别是多少？还有就是：您是不是每次都能识破孩子的谎言？

如果您每次都能识破孩子的谎言，请您适时地保持沉默，耐心考察一下孩子说谎的原因。不要急着去惩罚孩子，而是要故作夸张地向孩子说明谎言被揭穿后，说谎者会有多尴尬。给孩子讲一讲吹牛大王明希豪森用嘴把大树说弯，并荣获"明希豪森男爵勋章"的故事。

如果孩子有了说谎的苗头，家长就要探寻一下原因，谎言的背后往往隐藏着许多不为人知的原因。

说谎的原因

赞许

您的孩子也需要得到群体中其他人的赞美和尊敬，比如学校里的同学或少年宫里的朋友。如果孩子觉得完全依靠自己的实力根本无法获得这些

赞美，他就会采取虚构的方式编造一些事情，好让自己显得更加有趣。这种行为往往会给孩子的内心造成压力（参看56页的"压力"一章。）。

为了解决这个问题，您可以向孩子传递一个信息，那就是：你不需要通过说谎来赢得其他家庭成员的喜爱。另外，您还要帮助孩子发现自己的优点和天赋，以便更好地展示自我，尤其是当孩子在生活中遭到刁难的时候。

要求过多

"我已经写完作业了"——通常情况下，这样的谎言并没有恶意，而是孩子在无力达到繁多要求时的一种反应。除了家庭作业外，孩子还要花精力和亲

朋好友相处、去运动、听音乐等。这些事情对孩子来说未免显得有些繁多。

当孩子感觉到被要求过多时，他就会采取逃避的态度，如果孩子哪门功课不好，他就会特别地无视这门功课。（这种策略通常不能长久，因为家长很快就能发现孩子这门功课的成绩落后于其他功课很远。）

请您考虑一下，是否可以降低对孩子在某一方面的要求。和孩子一起探讨一下，如何能够更好地面对和处理压力，而不必使用说谎的方式。关于这一点，请参看56页的"压力"一章。

恐惧

说谎的代价有可能是被禁止看电视、玩耍，或者是被禁足在家不得外出等等。孩子会隐瞒成绩差、犯错或闯祸，这是因为他不太确定是否会因此而受到惩罚。

为了巩固孩子对您的信任，请您在惩罚孩子之前再三考量是否有必要如此做。通常情况下，惩罚能够传递给孩子一个信号，让他明确地知道自己犯了错。作为家长，您要学会控制惩罚的力度，只要能让孩子下一次讲真话就行。如果惩罚的力度过重，就会加剧孩子的恐惧感，孩子就会选择提高自己的说谎技能，而不是变诚实。如果孩子表现得很诚实，请不要

吝啬您的溢美之词。

您要在家庭中创造一种积极的纠错氛围，"什么都不做，当然也不会犯错"这句谚语清楚地告诉我们，只要做事情，都有可能会犯错。当然，这也并不意味着我们赞成犯错（即便犯错的理由听起来很冠冕堂皇），我们要学习的，是如何用开放的态度对待犯错，以及犯错了之后如何从中更好地吸取教训。毕竟，金无足赤，人无完人！

羞愧

孩子犯错后还会害怕在父母朋友面前丢脸，所以他们会隐瞒自己的错误。羞愧往往伴随着害怕自己被打上"失败者"烙印、从而不再受他人欢迎的恐惧情绪。这种情况下，谎言往往扮演着保护者的角色，为犯错者提供一个心理上的依靠。

让孩子明白，每个人都会犯错，因为想要掩盖错误而说谎，会比错误本身造成的后果更加伤害别人的感情。和孩子一起探索一下错误的积极面，比如错误会带来宝贵的人生经验。尤其是当孩子觉得"羞愧难当"时，一定要正确引导，让他发现自己的优点，还要给孩子强调，偶尔犯错并不意味着无可救药，通过错误，我们会学习到更多。

还有一个最普适的原则：您自己就是孩子最好的榜样。家长处理错误的方式越正确，待人越真诚，孩子就会耳濡目染地变成诚实的人。

故事复述：侏儒怪

侏儒怪这则童话故事的开头就出现了一个惊天大谎言，单凭主人公自己的力量，是无法圆这个谎的，必然需要外部的帮助。为了解决这个矛盾，故事中设定了超自然的力量。您是否想过，现实生活中麦秆能纺成金线吗？只有读者相信这个前提，才能够认同接下来的情节。

爱吹牛的磨坊主向国王撒谎，说他的女儿能将麦秆纺成金线，只是为了能引起国王的注意。国王想要检验一下磨坊主是否在撒谎，于是勒令磨坊主的女儿必须照父亲所说，将麦秆纺成金线，否则就将其处死。这时候，整个故事的矛盾开始尖锐起来。

女孩儿来到了国王的宫殿里，被关进了一间装满麦秆的屋子里。

她这时的感受如何？毫无疑问，面对这个不可能完成的任务，女孩儿一定很孤独无助！女孩终于无助地哭了起来。

请注意：女孩儿强烈的情绪变化意味着故事马上要发生转折啦！

女孩伤心的哭声引来了侏儒怪，这时候的侏儒怪扮演着拯救者的角色。我们知道，天下没有免费的午

餐，这条规律也适用于童话故事，侏儒怪也不想无偿帮助磨坊主的女儿，他也要求回报。侏儒怪帮助了女孩儿两次，女孩儿就给了他两样东西作为补偿：戒指和项链。

不料，国王第三次要求磨坊主的女儿把麦秆纺成金线，这一回，女孩儿没有什么东西能给侏儒怪了。绝望中，她许诺把自己将来生的第一个孩子送给侏儒怪。

在侏儒怪的帮助下，磨坊主的女儿成为了王后。很快，她就把给侏儒怪的承诺忘到了脑后。可是，当她第一个孩子降临人世之后，侏儒怪再次出现了，要求她兑现诺言，将孩子送给他。

王后再一次用眼泪打动了侏儒怪，侏儒怪答应王后，可以再推迟几天，并且说，如果她能够猜出自己的名字，之前的约定就可以不作数。

符号象征

这则童话故事中的国王指代的是理智、权利和财富。因此，他不可能对磨坊主的谎言置之不理，而是一定要检验其真伪。当然，他也想扩大自己的财富，收敛更多的财富。但却不会让别人把自己当成傻子一样哄骗，一旦发现谁欺骗了他，就必须让对方付出严重的代价。这些个性决定了国王不会认为磨坊主的话只是吹牛，从而采取置之不理的态度。

隐喻

戒指象征着团结、誓言和忠诚。项链除了象征着财富之外，还具备"连接"的意味，也就是团结。

童话故事中的问题总是在最后一秒才能得到解决，王后再一次交了好运，派出去的使者无意中看到一个侏儒怪围着火堆跳舞，一边跳一边喊着自己的名字。使者将这个名字告诉了王后，王后说出了侏儒怪的名字，侏儒怪的身体就裂成了两半。

就这样，磨坊主的女儿，也就是后来的王后，靠运气、勇气和眼泪博取同情圆了父亲的谎言，也救了自己。

故事中主人公的戒指和项链有可能是某位家庭成员的遗物或是代表家庭的纪念物，因此，褪下戒指和项链就象征着离开家庭、失去物质财富。失去这两样首饰固然很遗憾，但是对于主人公来说，也未尝不是一种自由，从而能够有机会得到新的经验和发展。

爱，她只能尽全力帮父亲圆谎。故事中的年轻姑娘为了保护父亲的面子、挽救自己的生命，把自己的项链、戒指，甚至孩子都给了侏儒怪。她幸运地得到侏儒怪的帮助。侏儒怪想要索取的回报很多，因此他容易给读者造成即贪婪又邪恶的印象。拿到了东西，侏儒怪才愿意帮助主人公解决问题。

在鼓起勇气应对威胁的时候，有些人会采取呼喝别人的名字来壮自己的胆。

为什么只需猜出侏儒怪的名字，就能令他消失呢？主人公明白其中的奥妙，知道怎么样做才能解决困难：猜出对方的名字，就能彻底打败他。这种对付侏儒怪的"策略"能消弭恐惧：请参看42页的"恐惧和勇气"一章。

奖励的另一面

如果磨坊主自始至终都是一个诚实的人，那么他女儿的命运又会如何呢？她根本没有机会成为一个王后，正是父亲的谎言将她推上了不得不硬着头皮面对挑战的道路，也令她能够迅速地成长起来，学会在无助的时候求助他人。

结论：即使是生活中那些最困难、看起来似乎不可能解决的问题往往是有解决方案的。

和磨坊主一样，大家都想说个看似无关痛痒的小谎来让自己颜面有光。然而，就是这些小谎，有时候却会让他人陷入困窘的境地，就像故事中的磨坊主女儿一样，出于对父亲的

给孩子的问题：

● 为什么磨坊主要撒谎？
● 要是你被关在一间装满麦秆的屋子里，你会怎么办呢？
● 侏儒怪是个什么性格的人？
● 为什么侏儒怪想要王后的孩子？
● 如果磨坊主的女儿说："我根本办不到，"会发生什么呢？

练习和游戏

说谎时间

家长可以给孩子设定一个小时的"说谎时间"，这个小游戏会令孩子十分高兴。为了让孩子真正明白这个游戏的意义是在教育他们不要说谎，家长们还要注意以下几点：

● 允许孩子说谎开始之前，必须给他一个明确的信号：敲一下锣、说一句话，或放一首歌等等。

● 游戏开始前，您需要通知所有的家庭成员，以免不明情况的家庭成员对孩子的谎言信以为真，产生误会。

● 不要把整个游戏时间都浪费在说谎上，而是要安排一些讲故事环节。讲故事除了能给他人带来欢乐，还能锻炼孩子的语言能力、想象力和抽象思维。

● 游戏结束时，您也需要给孩子一个明确的信号，可以和开始时的信号一样，也可以不一样，重要的是，这个信号必须清晰可辨，除此之外，您还要向孩子着重强调一下说谎时间已过，从此时此刻开始，就必须要诚实了。如果孩子没有结束这个游戏，您也不要单方面结束：玩游戏玩到兴趣正浓的时候，小孩子往往不愿意停止。这时候，您可以和孩子一起做一个小运动，让孩子把剩余的精力都耗尽，其实这也可以算作是一种"结束信号"。

● 如果孩子能够完整地叙述出童话故事，您可以用一个小奖杯或一枚金牌来奖励他，这对孩子无疑是巨大的鼓励。

游戏刚开始的时候，孩子需要进行一些适应性练习，才能顺利地说出谎言。请您利用孩子刚开始说谎时表现出的犹豫，让他们深切地感知一下说谎时的感觉有多不舒服，让孩子明白，这种不舒服的感觉恰恰就是谎言所带来的。说谎会让人心虚还是腿软？诚实去了哪里？这些问题会帮助孩子认识自己，同时也会帮助家长润物细无声地把新的理念传输给孩子。

通过这个游戏，孩子就能清晰地区分真实和谎言，以及什么样的谎言容易出口，什么样的不容易出口。孩子们会了解到谎言的危险性，从而学会在之后的人生中约束自己，成长成为一个诚实的人。

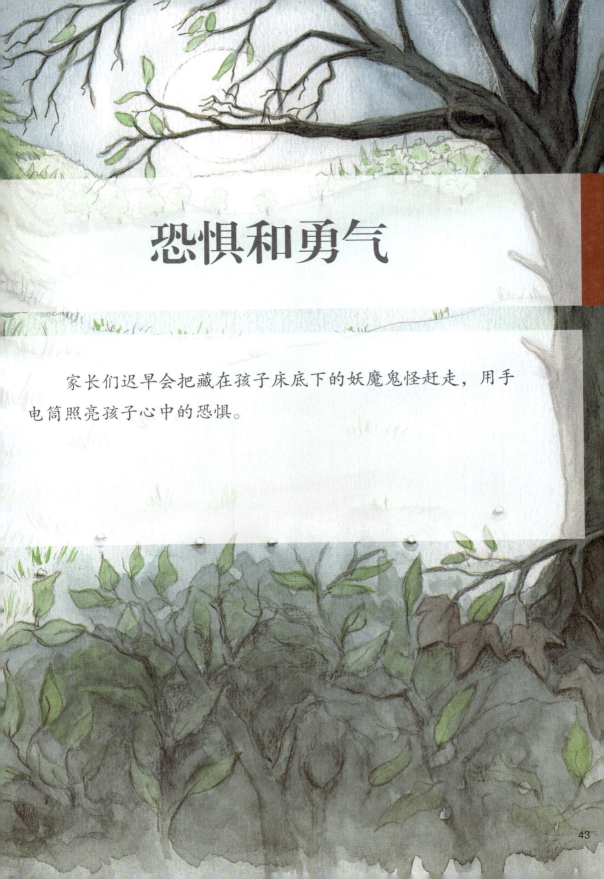

恐惧和勇气

家长们迟早会把藏在孩子床底下的妖魔鬼怪赶走，用手电筒照亮孩子心中的恐惧。

汉斯与格瑞特

　　从前，在一片幽静的大森林里，住着伐木工人一家，他们的生活虽然贫困可是却很幸福。这个家里有两个孩子，男孩子叫汉斯，女孩子叫格瑞特。一家人缺吃少喝，每天都要为生计发愁。更糟糕的是，越来越高的税收使得这一家人的生活雪上加霜，渐渐的，他们连面包都吃不起了。家里日渐贫困地景象让伐木工人很是发愁，晚上在床上都翻来覆去地难以入睡，他叹了一口气对自己的妻子说道："我还能做些什么呢？我们连自己都顾不过来，怎么才能养活两个可怜的孩子？"

　　"别担心了，我有个办法，"妻子回答道，"明天早上，我们把孩子带到密林深处，给他们生一簇火，每个人再给一块儿面包，然后我们就悄悄回来，把他们丢在那里。森林那么大，他们找不到回家的路，我们就权当是把孩子丢了。"

　　"不，我不会答应你这样做的，"丈夫回答道，"我绝不这样做，把自己的亲生孩子丢在森林里让他们自生自灭，我怎么对得起自己的良心！野兽会把他们吃掉的。"

　　"哎，你真是个笨蛋啊，"妻子怒道，"这样硬撑下去，迟早我们四个都得饿死，一个也活不下去，不如你现在就准备棺材去吧。"妻子一直吵嚷不休，丈夫终于同意按照妻子的意见来办。

　　"可怜的孩子们，爸爸对不起你们，"丈夫伤心地留下了泪水。

　　两个孩子又冷又饿、无法入睡，辗转反侧间听到了继母的这番话。格瑞特伤心地流着眼泪对汉斯说："我们没做错什么呀，为什么要把我们丢掉。"

　　"别说话，格瑞特，"汉斯说道，"别哭，我来想想办法。"

　　等大人们都睡着了，汉斯悄悄地从床上爬起来，穿上外套，推开门，蹑手蹑脚地出了家门。夜空中的月亮洒下明亮的月光，照得地上的白色鹅卵石发出银子般的光亮。汉斯弯下腰，从地上捡起许多鹅卵石，将它们藏在衣兜里，又返回了房间，并对格瑞特说道："别担心，我的妹妹，安心睡觉吧，上帝会保佑我们的。"听到这些，格瑞特不再哭泣，安心地睡了。

　　第二天一大早，太阳刚刚爬上来，继母就叫醒了两兄妹："快给我起来，你

们这两个懒家伙，我们今天要去森林里捡木头。"

继母塞给他们每人一小块儿面包，对他们说："拿好你们的午餐，别嘴馋，吃的早了，后面可就没什么吃的了。"

格瑞特把自己和哥哥的面包都拿过来放进自己的口袋里，因为她知道哥哥的口袋里装满了鹅卵石。一切准备停当，一家人就出发了。每走几步，汉斯都要停下来回头看一看自己的家，就这样，一行人走走停停，一步三回头。看到这情景，爸爸对汉斯说道："汉斯，你看什么呢，小心脚底下，别绊倒了！""爸爸，"汉斯回答道，"我在看咱们家的猫，你看它的毛多白啊，蹲在屋顶远远地看着咱们，好像想和我说再见。"

继母打断了汉斯的话："眼睛花了吧汉斯，屋顶上不是你的猫，是太阳光反射在烟囱上的影子。"聪明的汉斯用这样的方法成功地转移了大人们的注意力，将一颗颗鹅卵石撒了一路。

不知不觉，一家人已经走到密林深处，爸爸对孩子们说道："现在就开始捡柴火吧，孩子们，一会儿我给你们点一堆火取暖。"

汉斯和格瑞特捡来一些树枝，搭起了一个柴火堆，爸爸点燃了柴火堆，等到熊熊火焰燃烧起来后，继母说道："孩子们，怕冷的话就围着火堆暖一暖，我和爸爸去林子里拾柴火，回头就来接你们啊。"汉斯和格瑞特围坐在火堆旁边，啃着已经冻得像石块一样的面包。林子里一直传来斧子砍树的声音，两个孩子以为爸爸就在附近。孩子们并不知道，这声音并不是什么斧子砍树的声音，而是风吹得树枝不断敲打在树干上的声音。等着等着，困意向孩子们袭来，他们不知不觉就睡着了。一觉醒来，孩子们发现周围早已暮色沉沉。格瑞特害怕得放声大哭起来："这可怎么办啊，我们怎么才能走出去呢？"汉斯轻声安慰妹妹道："再等一等，等到月亮姐姐升上天空，我们就能找到回家的路了。"

月亮渐渐地爬上了天空，月光下闪闪发亮的鹅卵石为他们指明了回家的道路，汉斯牵起了妹妹的手，在如墨般漆黑的森林里走了一整夜，终于来到了爸爸的门前。孩子们使劲地敲门，吵醒了继母，继母看到汉斯和格瑞特竟然毫发无伤地回来了，故作愤怒地对孩子们嚷道："你们两个淘气的小家伙，在林子里睡那么久，我和爸爸以为你们都不想回来了。"

看到孩子们平安归来，爸爸心底里暗暗高兴，毕竟他也不愿意抛弃自己的孩子。

然而，没过多长时间，孩子们的好日子就到头了，有一天晚上，孩子们再次偷听到了继母对爸爸说的话："家里的粮食又快没了，你看看，就剩下半块面包，我看这日子要过到头了。必须把这两个孩子送走，这回一定得把他们往林子深处领，可不能再让他们找到回来的路，要不然我们这个家就要完蛋了。"

听完了这些话，爸爸的心情再次沉重了起来，他无奈地说道："既然不得不这样做，咱们就和孩子们一起吃完最后一顿吧。"继母却假装没有听见爸爸说的话，继续喋喋不休地抱怨着。一不做二不休，有了第一次，就会有第二次。

大人们不知道自己的对话早已经被醒着的孩子们听到了。等到大人们都睡着了。汉斯又从床上爬了起来，想要像上次一样拾一些鹅卵石，可是，继母将大门锁住了，汉斯出不去。汉斯回到屋子，安慰妹妹道："别哭，格瑞特，静静地睡一觉，上帝会保佑我们的。"

第二天一大早，继母就把孩子们叫了起来，又塞给了孩子们一块儿面包，这次的这块儿比上次的还要小。一路上，汉斯悄悄地把面包捏碎，把面包屑沿途撒在路边。

"汉斯，你磨磨蹭蹭地看什么呢？"爸爸问道，"好好走你的路！"

"我在看我养的小鸽子，它们在屋顶上向我告别呢，"汉斯回答道。

"看花眼了吧，"继母打断了汉斯，"那根本不是你的鸽子，是太阳光反射在烟囱上的影子。"聪明的汉斯趁着继母不注意，不停地把面包屑撒在路边。继母带着孩子们走进了森林深处，这个地方简直太偏僻了，根本没有人曾经到过这里。爸爸又生了一堆火，继母对孩子们说："在这里好好坐着，孩子们，困了就围着火堆睡一觉，我和爸爸去森林里拾柴火，晚上再来接你们，乖乖听话啊。"

午餐时间到了，格瑞特把自己的那块面包拿出来，分给哥哥吃，因为哥哥已经把自己的面包捏碎沿路撒在了路边。吃完了午饭，兄妹俩围在火堆周围，依偎着睡了一觉，醒来后，夜幕已经悄悄降临；可是，却没有人来接这对可怜的兄妹俩回家。汉斯安慰妹妹道："格瑞特，别害怕，等到月亮挂上天空，我们就能看到撒在路边的面包屑了，它会带着我们回家。"

不一会儿，月亮慢慢地爬上了天空，孩子们踏上了回家的路，可是他们找来找去，都没有找到面包屑，原来面包屑被森林里的小鸟吃掉了。汉斯对格瑞特说："我们一定能找到路的。"可是，他们走了一天一夜，还是没有走出森林。饥肠辘辘的孩子们只能用林子里的草莓来果腹，困了就在大树底下睡一觉。不知不觉，孩子们已经在森林里转了三天了，他们没有别的办法，只能不停地走啊走，直到走进森林的更深处。

突然，一阵清脆的鸟叫声传进了孩子们的耳朵里，孩子们抬头一看，原来是一只雪白的小鸟儿蹲在树枝上叽叽喳喳地唱着歌，孩子们不禁被鸟儿美妙的歌声吸引住了，不由自主地停下脚步，认真听它欢快地歌唱。小鸟唱累了，拍拍翅膀飞到他们面前，好像在说跟我走跟我走，孩子们赶快跟在它后面，一直走到一幢小屋面前，鸟儿停在了屋顶上。孩子们走近一看，原来这间小屋是用面包盖成的，房顶上是厚厚的蛋糕，窗户则是甜美明亮的糖块。

"太好啦，我们进去休息一会儿吧，"汉斯对妹妹说道，"终于能好好吃一顿了，屋顶看起来好好吃啊。我个子高，就吃屋顶，格瑞特，你可以去吃窗户，窗户也一定很甜很好吃。"汉斯踮起脚，撕下了一片屋顶塞进嘴里尝了尝，格瑞特也敲碎了窗户，吃得津津有味。

突然，孩子们听到屋子里面有人叫到："怎么老是嘎嘣嘎嘣的，是谁在啃我的小房子？"

孩子们赶快回答道："是风，是风的声音，是天国的小天使来到了人间。"

兄妹俩饿极了，汉斯又撕下来一大片面包塞进了嘴里，格瑞特也吃完了整扇窗户。填饱肚子后，孩子们心满意足地坐在地上休息。

突然，里屋的门开了，一个老态龙钟的老婆婆颤颤巍巍地拄着一根拐杖走了出来，汉斯和格瑞特吓了一大跳，手上的面包糖果都掉在了地上。看到满地狼藉的情景，老婆婆摇了摇头说道："哎呀，孩子们，是谁让你们来这儿的？跟我进来，不会有人伤害你们的。"说完后，老婆婆就拉着兄妹俩的手，把它们领进里屋，准备了一顿丰盛的晚餐，有牛奶、糖饼、苹果、还有坚果。等孩子们吃完了，老婆婆又给孩子们铺了两张白色的小床，汉斯和格瑞特高兴极了，觉得自己简直到了天堂一样。

孩子们并不知道，这个老婆婆其实是个坏巫婆，她只是故意装作对他们很好的样子，事实上却是一个专门引诱孩子上当的邪恶的巫婆，她那幢用美食建造的房子就是为了让孩子们落入她的圈套。一旦哪个孩子落入她的魔掌，她就杀死他，把他煮来吃掉。这个巫婆的眼睛视力不好，看不远，但是她的嗅觉却像野兽一样灵敏，老远老远她就能嗅到人的味道。汉斯和格瑞特刚刚走近她的房子她就知道了，高兴得一阵狂笑，然后就冷笑着打定了主意："我要牢牢地抓住他们，决不让他们跑掉。"

第二天一早，还不等孩子们醒来，她就起床了。看着两个小家伙那红扑扑、圆滚滚的脸蛋，她忍不住口水直流："好一顿美餐呐！"说着便抓住汉斯的小胳膊，把他扛进了一间小马厩，并用栅栏把他锁了起来。汉斯在里面大喊大叫，可是毫无用处。然后，老巫婆又回去把格瑞特摇醒，冲着她吼道："起来，懒丫头！快去打水来替你哥哥煮点好吃的。他关在外面的马厩里，我要把他养得白白胖胖，然后吃掉他。"

格瑞特听了伤心得大哭起来，可她还是不得不按照那个老巫婆的吩咐去干活。于是，汉斯每天都能吃到许多好吃的，而可怜的格瑞特每天却只有螃蟹壳吃。每天早晨，老巫婆都要颤颤巍巍的走到小马厩去喊汉斯："汉斯，把你的手指头伸出来，让我摸摸你长胖了没有！"可是汉斯每次都是伸给她一根啃过的小骨头，老眼昏花的老巫婆，根本就看不清楚，她还真以为是汉斯的手指头呢！她心里感到非常纳闷，怎么汉斯还没有长胖一点呢？

又过了四个星期，汉斯还是很瘦的样子。老巫婆终于失去了耐心，扬言她不想再等了。

"过来，格瑞特，"她对小女孩吼道，"快点去打水来！管他是胖还是瘦，明天我一定要把他煮来吃了。"

可怜的妹妹被逼着去打水来准备煮她的哥哥，一路上她伤心万分，眼泪顺着脸颊一串一串地往下掉！

"亲爱的上帝，请帮帮我们吧！"她痛苦地说，"还不如当初在森林里就被野兽吃掉，那样最起码我们还是死在一起的！"

"省省力气吧，小姑娘，"老巫婆说道，"上帝也救不了你们。"

第二天一早，老巫婆点着火堆，架起大锅，准备把汉斯煮来吃。

"等水烧开了就下锅，"老巫婆说道，"格瑞特，去看看壁炉热了没有，还要烤面包呢。"她让可怜的格瑞特去看看壁炉，壁炉里跳动着火红的焰火。

"爬进一点儿看，"老巫婆命令道，"看看壁炉到底热了没，温度够不够烤面包。"格瑞特知道，狡猾的老巫婆让她靠近壁炉是想趁她不小心，把她推进去烤了吃。于是，聪明的格瑞特对老巫婆说："我不知道壁炉在哪里啊。"

"笨死了，"老巫婆怒道，"那么大一个壁炉看不见啊，炉口那么大，都能塞进去我这个大人。"于是，眼神不好的老巫婆一边说，一边把头靠近壁炉。

趁老巫婆不注意，格瑞特猛地一推，就把老巫婆推进了壁炉里，她还关上壁炉的铁门，栓上铁门栓。呼！格瑞特自由啦，她刚要逃跑，就想起了可怜的哥哥还被关在小马厩里，于是，格瑞特跑到汉斯那里，解开绑着汉斯的绳子，对汉斯说："我们赶快逃走吧，老巫婆已经死了。"听到妹妹这么说，汉斯高兴极了，像一只挣脱牢笼的小鸟一样从监狱般的笼子里跳了出来。兄妹俩兴高采烈地拥抱在一起！老巫婆死了，兄妹俩也没有什么好怕的了，于是，他们就返回了屋子里，在老巫婆的卧室里，两个孩子找到了许多珠宝，"哈哈，这些可比鹅卵石好多了，"汉斯高兴地把这些宝贝装进衣兜里。

格瑞特对哥哥说："我也想带点做纪念。"于是，她就学着哥哥的样子，也拿了一些装进口袋。

"我们现在就走吧，"汉斯说，"有了这些东西，我们一定能走出森林。"

走了几个小时，一大片水塘挡住了兄妹俩的去路。"这么大的水塘，我们过不去啊，"汉斯说，"上面没有桥也没有木板。"

"也没有小船，"格瑞特补充道，"看，有一只白色的鸭子在水上游来游去，我们可以求它帮帮我们。"

格瑞特喊道："好心的鸭子，好心的鸭子，格瑞特和汉斯求你帮忙。没有木板没有桥，你能驮着我们过去吗？"

听到了兄妹俩的呼声，好心的鸭子游了过来。

"我们两个太重了，"汉斯说，"一次驮一个吧。"好心的鸭子一个一个地把兄妹俩驮了过去。兄妹俩继续向前走。一路上的景色越来越熟悉，终于，他们远远地看到了家里的房子。兄妹俩飞奔过去，用力敲打着家门。自从把孩子们丢在森林里，爸爸整天都在伤心后悔中度过，妻子也去世了。现在孩子们又回来了，爸爸简直太高兴了。格瑞特和汉斯把衣兜里的珠宝都倒了出来。从此以后，爸爸和孩子们幸福地生活在一起，过上了安宁祥和的日子。

脆弱和勇敢

令孩子们感到害怕的不仅仅是故事中虚构的妖魔鬼怪，还有一些生活中的事件：害怕分离和失去，害怕失败、被拒绝和被冷落，害怕考试，害怕承担责任等等。这些恐惧是阻挡孩子们成长的拦路虎。

有些恐惧和担忧可以被家长和孩子意识到，还有一些则悄悄地影响了孩子的潜意识，值得我们做家长的特别注意。

对峙中要勇敢

面对令人恐惧的场景是锻炼孩子们勇敢品质、让孩子们学会正确面对恐惧，以及克服恐惧的好机会。恐惧能够促使我们在危险面前保护自己，是孩子在成长过程中必须经历的考验。婴幼儿8个月开始就会出现认生的现象，也就是说，从这个年龄开始，孩子就能够分辨哪些人是值得信任的熟人，哪些人是

下列的这些方法可以帮助您和您的孩子克服恐惧情绪：

● 让孩子讲述自己遇到的困难，请您在倾听的过程中保持耐心和兴趣。

● 让孩子感受到家长对他的肯定和赞许，请您一定要认真严肃、感同身受地倾听和体会孩子的感受。

● 跟孩子讲一讲那些曾经令您很恐惧的事情。

● 孩子需要在您这里找到依赖感和安全感，因此，请您尽量让孩子相信您能够带给他这两种感觉。给孩子传递依赖感和安全感的方法很多样，前提是您一定要有克服这一困难、解决这一问题的信心，否则再好的方法也是无济于事！

● 和孩子共同克服恐惧。

● 和孩子一起找一种合适的方法来表达恐惧（做游戏、绘画、写作、跳舞等等）。

● 和孩子一起找寻克服恐惧的方法（鼓励性的言语，耐心谈话，用最喜欢的毛绒玩具转移注意力等等）。

陌生人。通过划分"熟人圈"，孩子们就能够确定哪些人是可以信任的，而这一过程中少不了恐惧这一元素。

侏儒怪中能学到的

王后是怎样调查出侏儒怪的名字，并通过说出对方的名字，令侏儒怪裂成两半，从而拯救了自己的孩子的？

通常情况下，孩子一旦遭遇一些令他们感到恐惧的事情，比如：与亲人分离或者参加考试。家长们就需要找出帮助孩子克服恐惧的办法——引导孩子将自己的恐惧说出来。就能够极大的缓解孩子的紧张情绪，并克服恐惧。这一做法也能够教会孩子如何应对恐惧，避免一遇到令自己害怕的事情就手足无措、忙乱被动，使孩子逐渐成长为一个勇于"直面"困难，并努力克服困难的人。

关于本童话

如果您找不到孩子恐惧的原因，也就更加无法帮助孩子克服恐惧，这时候该怎么办呢？

童话故事就是最好的方法。童话里表现恐惧的手法都是具象的，摸

得着看得见。面对这些有形的对手，童话故事中的主人公们就可以施展手脚，或勇敢、或巧妙地战胜恐惧。童话故事中往往会设计一个能够帮助主人公解决问题的救世主角色。当然，主人公到最后一定会成长为一个能够独当一面、克服恐惧情绪，最终解决困难的英雄。由此可见，恐惧也有如下优点：让我们敏感地捕捉到周遭的危险因素，克服困难，不懈努力，最终练就强大的内心。

这则故事中的妹妹格瑞特面对恐惧不屈服，解救了自己也解救了哥哥。

故事复述：汉斯和格瑞特

故事中的兄妹俩必须面对分离的恐惧。一开始，兄妹俩就被父母遗弃在森林里，之后遇上女巫，又将兄妹俩无情地分开，甚至还要将两个孩子吃掉！

故事前半段，哥哥汉斯扮演着保护者的角色，不断找寻解决问题的方法，并带着妹妹找寻回家的路。格瑞特则完全依赖于哥哥，在困难面前表现得无助彷徨，没有能力做出任何决定。格瑞特哭泣抱怨，汉斯则耐心安慰，一回扔石子，另一回扔面包屑。不断地探索解决方法的勇气帮助汉斯克服了面对困难时的恐惧感。

坚定的信念和自信心令汉斯从不怀疑自己的能力。即使是在自己被老巫婆关起来准备吃掉的紧急当口，汉斯也没有放弃，而是继续发动聪明才智，骗过了老巫婆。但是，这时候的汉斯已经没办法照顾到格瑞特，这造成了格瑞特的恐慌。

格瑞特的恐惧和焦虑体现在这句话中："还不如当初在森林里就被野兽吃掉，那样最起码我们还是死在一起的。"

汉斯和格瑞特很害怕，害怕失去宝贵的生命。然而，害怕并没有什么用处，格瑞特现在只能勇敢地面对困难，鼓起勇气积极寻找解决方法，否则老巫婆的阴谋就真的要得逞了。

格瑞特最终克服了这一看起来不可能克服的困难——机智的小姑娘把老巫婆骗进了壁炉里。和最初面对困难时的手足无措不同，这时候的格瑞特已经能在关键的时刻独当一面、机智勇敢地

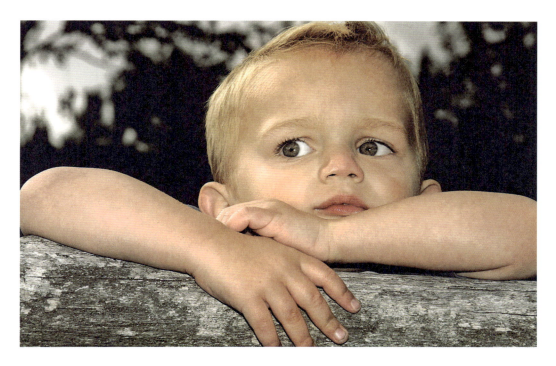

面对恐惧、解决困难了。把老巫婆锁进壁炉里意味着格瑞特彻底摧毁了之前面对恐惧时的懦弱。

最初的格瑞特显得多么无助，可是这时候的她却无比勇敢。困难和恐惧把小姑娘心中强大的力量激发了出来，最终成长为一个有能力进行自我救赎的女英雄。

故事中假装友好和善的老巫婆并不是真正同情孩子们的遭遇，而是为了满足自己的需要，她做这些的目的就是要把孩子们吃掉。可是，从另一个角度上看，邪恶的老巫婆却起到了积极的作用。正是因为受到老巫婆的威胁，才激发出格瑞特心中的勇气，让她从一个柔弱无主见的小姑娘成长为一个坚定有信念的救赎者。

本则故事告诉我们，恐惧这种情绪在孩子的成长过程中扮演着不可或缺的角色。通过不懈的努力，孩子们就能正视困难、克服恐惧。

给孩子们的问题：

● 故事中的爸爸妈妈除了遗弃兄妹俩以外，还有别的办法度过难关吗？

● 如果你是汉斯和格瑞特，你能想出什么办法帮助自己找到回家的路？

● 如果你是格瑞特，你敢把老巫婆推进壁炉里吗？

● 你认为格瑞特把老巫婆推进壁炉里这个做法对吗？

练习和游戏

给恐惧一个具象的载体

请您让孩子把他们心中的怪物形象画下来。仔细听一听孩子对这幅画的解释和描述。您还可以用笔给怪物画上一个红鼻子，或是一张笑嘻嘻的嘴巴，让它变得不再那么吓人，令孩子更容易接受。

角色转换

和孩子一起制作一个怪物面具，在面具后边绑上一条松紧带，把它戴在孩子的头上，让孩子自己表演令人害怕的怪物。孩子可以自由发挥想象力。您还可以做一套和面具配套的衣服，给孩子穿在身上。这样可以让孩子更加投入到角色中去，逐渐帮助孩子消除恐惧感。

在假定情景中进行角色扮演也是

消除恐惧的好办法。比如您可以让孩子戴上口罩，拿着口腔内窥镜来扮演牙医，您自己扮演病人，或者您扮演医生，孩子扮演病人。也可以把毛绒玩具或者洋娃娃拿来，给它们分配角色，帮助孩子克服对某种情景的恐惧感。

怪兽玩具

缝制一个布娃娃，再画一个怪兽面具贴在娃娃的脸上。或许这个布娃娃能够成为孩子的同伴和保护者。布娃娃不用太复杂，用旧袜子就可以进行缝制，缝制步骤请您参看专业的缝纫书籍或上网查询。

规则

规则能够激发安全感和信任感，因此也能够帮助孩子战胜恐惧。像咒语一样，规则也能去除威胁。相关内容请您参看152页的"勤奋、懒惰和耐心"一章。

用愉快的歌声驱散恐惧！

和孩子一起找一首旋律欢快的歌曲，用来对抗怪兽、消除孩子的恐惧。为了让孩子形成习惯，您可以在孩子感到害怕的时候小声哼唱这首歌曲。歌曲可以选孩子最喜欢的某一首即可。

魔法动物和护身符

您在森林里或草丛中散步时捡到的"魔法石"也可以帮助孩子战胜恐惧、激发孩子的勇气。您可以用水彩笔将石头涂成彩色，或在上面写上文字。当您赋予魔法石魔力之后，您就可以把它们摆在窗台上或床底下，用来抵挡各式各样的"魔鬼"，也可以当做护身符装在孩子的裤兜里，增强他们对抗"魔鬼的法力"。

许多孩子都很喜欢魔法动物。您可以给孩子安排一场魔法动物找寻之旅，或让孩子从一套印有动物头像的卡片中随机抽取一张，告诉孩子，这种动物就是专门保护你的，能够帮助你渡过难关。

在大自然中寻求力量

户外活动可以增强孩子的自信，锻炼孩子坚韧的个性。您可以带着孩子到附近的公园里、小河边，或小区里的草丛中进行一次小小的探险。提前给孩子设定一些任务，比如寻宝、

堆石头人、数蜗牛、偷听大树的声音等等，给孩子讲述神秘的圣诞老人和好心的魔法师的故事，告诉孩子他们就在我们的周围，就在大自然中保护着我们。说不定您的孩子还能找到他们呢！

运动驱散恐惧

运动能够帮助孩子们逐渐发现自己的能力，并建立信心。攀岩就是一项很好的运动。下一次家庭活动您是否可以领着孩子去攀岩馆，并利用这种运动形式增强家庭成员之间互相合作的默契和信任感？当然，最重要的一点是：一定要有趣！不要对孩子要求过高，否则会令孩子产生新的恐惧感。

压 力

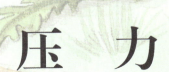

　　我们生活在一个充满压力的时代，每一个成年人都背负各式各样的沉重压力。然而，大家普遍不了解的是，和成年人一样，现代社会中的孩子也必须早早地面对压力，需要摆脱"外部压力"的困扰。

兔子和刺猬

这个故事听起来有些荒谬，但其实是真的。我的爷爷每次给我讲时，总是说："我的孩子，这个故事是真的，要不然就不会讲给你听了。"故事是这样的：

一个秋日的早晨，荞麦刚刚开花。太阳渐渐地从东方露出了头，清晨温暖的和风轻轻地吹动着麦穗，百灵鸟清亮的歌声从远方传来，蜜蜂在荞麦田里嗡嗡地叫。一切都是那么的祥和，所有的小动物都很高兴，刺猬爸爸也不例外。

这么好的日子，正好去教堂做礼拜。刺猬一家准备要出门了，刺猬爸爸站在门口，双手交叉放在胸前，嘴里哼着歌儿。看着门前熙熙攘攘的热闹场景，刺猬爸爸突然想到，可以趁着刺猬妈妈叫孩子们起床换衣服的时候，去田地里逛一逛，看看他们种的大头菜长势如何。刺猬爸爸在家周围的田地里种满了大头菜，这可是他们过冬的口粮，为了照顾好它们，刺猬爸爸可是费了不少心思。说干就干，刺猬爸爸轻轻掩上了门，沿着田边向远处的大头菜田走去。

刺猬爸爸走啊走，在大头菜田前面的灌木丛里碰到了同样出来照看大头菜田的兔子。刺猬亲切地和兔子打招呼："早上好啊。"可是，骄傲的兔子并没有以同样友好的态度回应刺猬，而是轻蔑地说道："什么风一大早就把您吹到田地里来了？"

"散散步路过而已，"刺猬回答道。

"散步？"兔子讥讽道，"就你这八字小短腿还能散步呢。"

听到这样的嘲讽，刺猬气的火冒三丈。别人嘲笑自己其他任何缺点，刺猬都能忍，唯独腿不行，因为刺猬的腿天生就是又弯曲又短小。

"你简直太自大了，"刺猬生气地对兔子说，"别光顾嘲笑我，你的腿就无懈可击吗？"

"当然啦，"兔子骄傲地说道。

"那你敢不敢和我打赌？"刺猬对兔子说，"咱俩赛跑，你一定跑不过我。"

"八字小短腿能跑赢我，简直是笑话，"兔子嗤笑道，"不过如果你想自取其辱的话，我也不反对，说吧，赌注是什么？"

"一枚金币和一瓶烧酒，"刺猬回答道。

"就这么说定了，"兔子得意洋洋地回答道，"到时候可不要耍赖哦。现在就可以开始了。"

"别这么着急，"刺猬说道，"我这会儿还没吃饭，得先回趟家吃个早餐填饱肚子才能跑得快。半个小时后我们在这里不见不散。"

兔子想了想，觉得刺猬也耍不出什么花样儿，就同意等他半个小时。回家的路上，刺猬暗下决心：即使兔子有大长腿，我也一定要争口气打败他。别看他人模狗样像个贵族，其实不过是草包一个，一定要让兔子为他的傲慢付出应有的代价。刺猬回到家后，急忙对妻子说道："亲爱的，快穿好衣服，和我一起去地里。"

"发生什么事了？"刺猬的妻子奇怪地问丈夫。

"我和兔子要比赛，赌注是一枚金币和一瓶烧酒。比赛的内容是赛跑，你得好好配合，咱们才能赢。"

"开什么玩笑啊，老公，"妻子大吃一惊，"你是不是昏头啦？要不然就是神经了？怎么会想到要和兔子赛跑啊？"

"闭上你的乌鸦嘴，"刺猬吼道，"比不比赛是男人的事情，妇道人家别管这些事情！别磨磨蹭蹭的，快穿好衣服跟我走！"

半路上，刺猬对他妻子说："现在，你听好了。你看，我们要在那片长长的耕地上赛跑，兔子在一条犁沟里跑，我在另一条犁沟里跑，我们从上面跑起。你别的什么也不用做，只在下面的犁沟里站着，如果兔子从上面跑过来，你就冲他喊：'我已经在这儿了'。"

到了田里，刺猬把地点指给他的妻子，然后顺着犁沟走上去。他到了上面，兔子已经在等他。"现在可以开始吗？"兔子问。"可以。"刺猬回答。"那就跑吧！"也们站在各自的犁沟里。"一、二、三"兔子数完，就像一阵狂风似的顺着犁沟跑下去。刺猬大约只跑了三步，便在犁沟里蹲下，安安静静地坐在那里。

当兔子全速跑到下面的时候，刺猬的妻子冲他喊道："我已经到了！"

兔子惊呆了，不过它一点儿也没有起疑心，他以为是刺猬本人和他在说话，因为刺猬夫妇看起来可是一模一样的。兔子心想："这事儿可真有些奇怪。"

于是，兔子对刺猬喊道："我们再来跑一次！"

话音刚落，兔子就风一般地向回跑，头上的耳朵都要飞起来了。刺猬的妻子静静地留在原地，一动也没动。等到兔子跑到刺猬藏身的犁沟上面，刺猬急忙对

兔子喊道："我已经到了！"

兔子气急败坏地叫到："不行，再跑一次！"

"没关系，"刺猬回答道："你愿意跑多少次我都奉陪。"就这样，兔子来来回回在田埂上跑了七十三回，却每次都输给了刺猬。每当兔子跑到犁沟上面，刺猬或者他的妻子就说："我已经到了！"

跑到第七十四回时，兔子再也没有机会到达终点了。他只跑了一半，便倒在地上一动不动，鲜血从嘴巴里止不住地往外流。刺猬拿起他赢来的金币和烧酒，从犁沟里叫出妻子，高高兴兴地回家去了。如果没有什么意外的话，这对刺猬夫妻应该还逍遥地生活在这个地球上。

这个兔子和刺猬赛跑而亡的故事发生在布克斯特草原上，所以，从此之后，再也没有兔子敢同布克斯特草原上的刺猬们赛跑了。这个故事告诉了我们两条真理：第一，一个人无论他自以为怎样高贵，也不应该嘲笑地位卑贱的人，哪怕他只是个小小的刺猬；第二，一个人要结婚，最好娶一个与自己地位相等、面貌相似的妻子，也就是说，如果他自己是个刺猬，最好找个妻子也是刺猬。

永不过时的主题：压力过度

即便是做游戏的时候，家长们也一刻不停地在教孩子学点什么，或是几个外语单词，或是几首早教音乐。许多家长认为，这种寓教于乐的形式会引发孩子对学习的兴趣。每个家长都希望自己的孩子成龙成凤，因此都会不遗余力地尽早尝试发现孩子身上可以进一步培养的天赋。孩子们迫于取悦父母的压力，也不得不过早面对这些挑战。这往往会以欢乐作为代价，给孩子那本该欢声笑语的童年拷上沉重的枷锁。本该属于孩子的时间被家长安排得满满当当，只能从缝隙中挤出一点点时间，和小朋友们一起做游戏来放松身心。

接受学校教育或参与一些集体项目（比如芭蕾、骑马、花样滑冰，或其他集体运动项目）时，孩子承受的压力会更明显。

这些压力不仅会表现为一些心理症状，如神经质、疏离感，或经常性抑郁等。还会表现出一些身体症状：典型的有头痛、肚子痛、失眠，或偏食。最后一种身体症状大多和运动类型有关，并且经常发生在女孩子的身上，容易引发营养摄入急剧下降。男孩子偶尔也会出现类似问题。

我该怎么办呢？

有压力本身并不是一件坏事情。比如，要掌握一门乐器，孩子必须有学习的热情和自控能力。成功则能够给您的孩子带来很好的体验，增强孩子的自信心。这一原则适用于培养每一个爱好，练习每一种体育运动项目和追求每一个目标，比如顺利毕业。

但是，如果孩子把自己的热情和原则用错了地方，比如用来固执地追求一个自己并不擅长的目标，或一味取悦他人，那就会给孩子造成无端的压力，影响其心理健康。

为了不使适当的压力成为过度的压力，父母必须要学会掌控好给孩子施加压力的"度"。最好您能够在此过程中多征询孩子的意见。

下面的这些建议能够帮助您和孩子应对过度的压力：

- 仔细观察孩子，尽量使自己感同身受地了解孩子的压力。一旦觉察到孩子有异常，就立刻检查孩子最近是否压力过大。

- 和孩子一起找解决办法，可以把所有的想法都开诚布公的说出来：可以是心里希望的，也可以是具体的想法。您可以对孩子提出的问题进行分类，什么问题必须马上解决，什么问题可以推迟，或者是可以通过其他的手段进行补偿。

- 用批判的态度考察自己作为家长的行为：
作为家长，您有没有将自己的生活状态和其他人的生活状态进行过比较，您的生活是否充斥着压力？如果您一直生活在巨大的压力下，经常要同时扮演劝告者、教育者、老师、朋友、运动监督员等等角色，孩子就会有样学样地效仿您。无形中，您身上的缺点就会"传"给孩子。

- 您对孩子的期望是不是过高？不是每个孩子都必须学会一门乐器或成绩优异、名列前茅。人生还很长，以后有的是时间做很多事。

- 尝试着通过学习音乐和参加集体活动等方法来减轻压力，重新唤醒对生活的热情。

- 在极度低落的时候大声喊出一句能给自己鼓励的话！

故事复述：兔子和刺猬

这个故事告诉我们用什么方法能够解决压力过大的问题。也教会了我们应当谦虚谨慎，不要虚荣冒进。

故事开头，整个气氛很祥和惬意。刺猬在田野里散步，他的妻子在照顾小孩。田野散步的时候，刺猬遇到了兔子，友好地跟他打招呼。兔子非常高傲，讥讽了刺猬，挑起了刺猬的怒气。刺猬觉得很伤脸面，为了维护自己的尊严，刺猬和兔子打赌，要进行一场竞赛：通过赛跑来证明自己。这场竞赛的输赢不仅仅关乎能否赢得一枚金币和一瓶烧酒的赌注，也关乎双方的名望，因此，这场比赛给兔子和刺猬都带来了巨大的压力。

但是，兔子和刺猬在对待这件事情上的态度截然不同。兔子非常关注且依赖自己的能力，而刺猬则灵机一动，想出了另外一套方案。他心里完全清楚，单靠自己的力量根本无法赢得比赛，于是，他求得了妻子的帮助：他和妻子分别藏在跑道的两头，每次兔子到达其中的一头时，就会误以为刺猬早已到达了。就这样，刺猬夫妇齐心协力，用智谋骗过了兔子，兔子又羞又愤，疲惫而死。

"兔子综合征"

和刺猬相比，兔子没有动脑筋想一想其他的解决办法，也没有察觉到刺猬的计谋，只知道一味地狂奔。它没有静下心来思考自身行为正确与否，疏于考虑自己能力的极限，最终把自己送上了黄泉路。

这种戏剧性十足的结局告诉我们，当我们面对挑战时，一旦制定了错误的目标，没有及时认识到自身能力的极限，也没有灵活变通地重新制定计划或求助他人，那么就会带来严重的后果。

本则故事的寓意

一般来讲，民间故事不会包含寓意。而本则故事的结尾清晰明了地告诉读者，即使我们很强大，也不要恃强而骄、肆意羞辱他人，因此您可以把它理解为一则寓言故事。相关主题将会在116页的"困扰"一章中继续进行分析。

除此之外，这则故事的结尾也告诉我们了一个听起来有些荒诞的道理：要找一个和自己相似的妻子（伴侣）。

应该如何理解这层寓意呢？一千个人心里有一千个哈姆雷特，每个人对这层意思的理解都各不相同，或许也和这则故事产生的年代有关系。当时那个年代，主流价值观导向就是安分守己地和自己"阶层"中的人结为连理，而不是痴心妄想地高攀"贵族"或融入到完全陌生的文化圈子中去。幸运的是，如今的时代潮流已经大为不同了，人们反而更加乐意了解不同于自身族群或国家的异性。

综上所述，"鞋匠，别离开你的楦子！"这个德国谚语最适合用来形容本则故事的寓意。因为鞋匠一旦失去了楦子，就只能坐以待毙了。

> **给孩子们的问题：**
>
> ● 为什么兔子要嘲弄刺猬？
> ● 为什么刺猬明知道自己跑得慢，还要和兔子比赛？
> ● 为什么兔子明明已经跑不动了，还不停下来？

练习和游戏

应对过度压力最好的方法就是细心和放松。

细心这个主题将在本书的199页"警惕"一章中进行进一步详细讨论，您可以通过书中提供的一些建议、游戏和练习来锻炼这方面的能力。

如果您一旦发现自己的孩子（或许还有您自己）遭到了过度压力或缺乏对自身能力极限的感知所困扰时，就一定要求助专业书籍。在书店里，您可以找到许多和减负减压、细心谨慎，以及过度压力这个主题相关的书籍。书中会为您提供一些不同的减压方法，也有专门针对儿童设计的减压

游戏和练习，相信一定能够为您带来益处。

放松能够帮助孩子维持乐观的心态、自信的态度和积极的表现，让孩子能够轻松的面对压力。身体一旦脱离了"战斗"时的紧张状态，孩子就能够发挥出自己的聪明才智来解决问题。放松能够让孩子的注意力高度集中在问题上，让孩子保持最自然、最健康的高效率状态。

掌握减压方法最直接、最有效的方法就是勤加练习。

每个人喜爱的减压方式有所不同，有的喜欢有氧运动，有的中意传统的自然训练法，有的倾向于通过放松肌肉来获得减压效果。

下面提到的这些减压练习仅供您参考，具体应该选择哪一种，请您根据自己的兴趣和喜好决定。

追香蕉

您可以和孩子两个人玩这个游戏，也可以邀请更多人参与其中，那样会更加有趣！

选一位同伴扮作猴子，其他的同伴每人手里拿一根香蕉。猴子的任务就是夺取其中任意一人手中的香蕉即可，失去香蕉的人变成猴子，再夺取其他人手中的香蕉，而拿到香蕉的人则可以退出游戏，在一旁休息：可以采取仰卧的姿势进行休息，并把香蕉放在肚子上，这样一来，你就可以观察到肚子上的香蕉随着呼吸的节奏上上下下地运动。

这个游戏能帮助孩子感知到自己的呼吸从急促到缓和的过程。

深呼吸！

让孩子深吸一口气，再呼出来。数次做这个练习，您就能够发现一个有趣的现象，每个人呼气时发出的声音都不一样。

只要头不晕，就可以多做几次！

披萨饼按摩

请您和孩子一起"烤披萨"。让孩子趴着，您用手像揉面团那样（时重时轻）搓揉孩子的背部，还要给"面团"上涂上一些调料：捏一小块奶酪撒在背上，用手掌把它抹均匀，用指尖蘸一点橄榄油，再撒一点辣椒……披萨上还有哪些配料？

抚触会安抚孩子的紧张情绪，让孩子与您更加亲近，增加孩子的安全感。

如果孩子也想"烤披萨"，把角色交换过来就行了！

您也可以动脑筋发明新的按摩方法：比如"天气预报""水果蛋糕""狭路相逢"等等。

奇幻之旅

让孩子平躺着闭上眼睛，（不要忘了给孩子盖上被子或毯子，这样会让孩子觉得温暖安全。坐着也可以，不过，躺着效果会更好。）用平静的音调跟孩子讲："想象一下，你现在正躺在开满花儿的草地上。放松身体，感受到阳光抚摸着你的肚子，肚皮非常暖和。鼻子里闻到的是青草和花儿的香味，耳中听到的是清脆的鸟叫声……"

其他童话书中的故事也可以帮助孩子体验奇幻之旅，当然，如果您不缺乏想象力的话，也可以自己编故事讲给孩子听。比如，睡在轻轻摇晃着的小船上，或是坐在大雕的背上来一次旅行？

肌肉放松法

要对肌肉进行放松，我们首先要了解肌肉的状态，也就是什么样的状态是紧张的，什么样的状态是放松的。让孩子躺在床上，根据您的指示绷紧身体的某处肌肉，然后再放松。比如，握紧拳头、加紧屁股，或者把五官"挤成一团"。保持这种姿势，几分钟后再放松。然后孩子就会觉得全身上下都舒展了。肌肉放松法可长可短，您可以根据自身的具体情况进行控制。

曼陀罗花

画一幅曼陀罗花也是一种很好的放松方法，画画的过程就是放飞想象的过程。您还可以让孩子自己在网上找一些模板进行参考。

团队精神

　　众人拾柴火焰高！无论高矮胖瘦、年龄大小，总会在团队里找到能够发挥自身长处、同时也受益于他人天赋的位置。这就需要我们学会尊重和了解每个人的个性和特长，从而达到八仙过海各显神通的效果！

不莱梅的音乐家

从前有个人，家里养了一头小毛驴。这头小毛驴非常勤快，每天都要把一袋又一袋的麦子背到磨坊里，再把它们磨成面粉，供主人一家食用。日复一日，年复一年，小毛驴用完了自己的力气，再也拉不动磨盘了，变成了一头老毛驴。为了省下口粮，主人不想再养着已经失去了劳动力的老毛驴，想把它卖到屠宰厂去。幸好，聪明的老毛驴觉察到主人的用意，找个机会就逃走了，一路向不莱梅走去；它想在那里实现自己年轻时候当一个音乐家的梦想。走了一会儿，老毛驴看见路上卧着一只猎狗，懒洋洋地躺在地上直打哈欠。

"嘿，哥们儿，你为什么老打哈欠？"老毛驴问道。

"是这样的，"猎狗回答道，"我年龄大了，打不动猎了，主人要把我打死，所以我逃了出来；真不知道下一步该怎么养活自己。"

"愿意听听我的建议吗？"老毛驴说道，"我打算去不莱梅当个音乐家，不如你和我一起去，在乐队里谋个生计，我弹琴，你打鼓。"

猎狗同意了毛驴的建议，和他一同踏上去不莱梅的路。他们走了不一会儿，就看见一只猫蹲在路边，一脸的愁容。"哥们儿，你有什么烦恼啊？"毛驴问道。

"朝不保夕，马上就要命归西天的人还有什么可乐的，"这只猫回答道，"我年纪大了，牙齿也不好使了，只能坐在火炉后面打瞌睡，根本没有力气抓老鼠。所以主人打算把我溺死；虽然现在我已经逃出来了，可是还能干点什么呢？到哪里是好啊？"

"和我们一起去不莱梅吧，在那里一定能发挥你的所长，谋一个音乐家的职位。"

猫觉得毛驴的建议很不错，就跟着他们一起上路了。走着走着，三位可怜的流浪者路过一处农庄，突然听到一阵尖利嘶哑的叫声，他们回头一看，原来是一只公鸡使出吃奶的力气在打鸣。"你的叫声怎么这么凄厉难听啊？"毛驴问道，"这是在干什么？"

"我想为主人增添一点儿喜庆的气氛，"公鸡回答道，"今天是圣人约翰给小基督受洗的日子；明天要宴请宾客，狠心的主人要把我拔毛下锅，做成鸡汤给客人们喝。说不定我连今天下午都熬不过，一会儿就要身首异处了。死之前多叫几声，就当是满足一下自己最后的心愿。"

"不如这样吧，公鸡，"毛驴说道，"你跟着我们一起去不莱梅，总好过在这里等着掉脑袋；你声音这么有特色，我们组个乐队，肯定会大火的。"

公鸡觉得自己不能就这么坐以待毙，于是就和伙伴们一起上路了。

去不莱梅的路上需要在一处森林里休息一个晚上。毛驴和猎狗躺在大树下，猫睡在落叶里，公鸡飞到了树枝上。入睡前，公鸡像往常一样，向四周望了望，突然，他发现远处一点儿亮光若隐若现，就对同伴们喊道："不远处一定有间屋子，这点亮光一定是屋子里点的灯。"毛驴说："那我们就去看看，在这儿睡觉也太不舒服了。"猎狗则暗暗想到："说不定还能在屋子里找到点带肉的骨头啃一啃，那就太爽啦。"

说走就走，他们起身朝着亮光的地方走去，灯光越来越明亮，一路指引着他们走到了一处灯火通明的房子外。个子最高的毛驴透过窗子向里面看了看。

"你看到什么了？"公鸡问道。

"你是问我吗？"毛驴回答道，"屋子里有一张铺着桌布的桌子，上面摆放着美食，一群强盗坐在桌子旁边大吃大喝。"

"要是坐在那儿享用美餐的是我们，那该多好啊！"公鸡嘟囔着。

"是啊，是啊，那该多好啊！"毛驴说道。

于是，一行四人开始想办法赶走这群强盗，功夫不负有心人，他们终于合计出一个万全之策。毛驴把两条前腿搭在窗户上，猎狗跳到毛驴背上，猫趴在猎狗背上，最后公鸡再飞到猫背上。

这样站好之后，他们就突然一起开始叫喊——驴嘶、猫叫、狗吠、鸡鸣。从窗户冲进屋子里，玻璃的碎片飞得到处都是。强盗们听到这种骇人的叫声，以为来了妖怪，来不及仔细辨认，就吓得屁滚尿流，逃进了森林里。于是，四个伙伴高兴地围坐在桌子旁边，大快朵颐，填饱了干瘪的肚子。

酒饱饭足之后，四位未来的音乐家熄了灯，各自找到一个舒服的地方睡起了大觉。毛驴卧在粪堆上，猎狗躺在门后面，猫躺在炉灶的热灰中，公鸡蹲在屋梁上面。经过这一番折腾，旅途劳累的四个人瞬间就进入了梦想。不知不觉已经到了后半夜，逃到森林里的强盗们远远地看到屋子里没有动静，也没有亮光，似乎一切都恢复了原样，于是，强盗头目说道："我们不要害怕。"于是，他派了一个强盗去屋子里一探究竟。

这个强盗到屋子里一看，里面静悄悄的没有一点儿动静，于是他就跑到厨房，想要把灯点着，再一看究竟。笨蛋强盗以为火红的猫眼睛是燃烧的煤炭，就伸手去拿，想用它点燃蜡烛，可是，猫却一点儿也不客气，呼地一下跳到他的脸上连抓带挠。强盗吓得屁滚尿流，摸黑跑向了后门。可怜的强盗，又被卧在后门边的猎狗碰了个正着，被猎狗狠狠地在腿上咬了一口。好不容易逃了出来，经过粪堆的时候，又被毛驴狠狠地踢了一脚。睡在房梁上的公鸡被吵醒了，放开嗓子大声叫："喔喔喔！"

强盗吓的夺路而逃，一路狂奔，跑回了森林里，对强盗头子说："屋子里面有一个凶恶的女巫，她对我哈气，用指甲戳我的脸，门口有一个强壮的男人，狠狠地捅了我一刀，院子里躺着一个黑乎乎怪物，用棍子猛打我的腿，屋顶上坐着法官，朝我喊道：'把那个坏蛋给我拿下。'我只能赶快逃命了。"

听到这些骇人听闻的消息，强盗们吓的再也不敢回屋子里去了；四个不莱梅的音乐家就住在了里面，不再往别处去了。

合作：太好了，都交给别人去做，还是太好了，一起做一定能成功？

相信大家都对这句话耳熟能详："我想去，可是就我一个人……你和我一起好不好？"人是社会动物，追求群体生活是人类的天性。这样做的好处至少有两个：一方面，可以获取外界的帮助——精神上的、道义上的，以及力量上的帮助。另外一方面，群体生活能够给我们带来更多愉悦的感受。

几乎每个人都能够从群体生活中得到好处。然而，抱团合作意味着什么呢？

例如，独自一个人搬家困难重重。但是有人帮助，情形就会大不一样。这个开卡车，那个拆卸家具，这个走电线，那个刷墙漆，这个搬重物，那个拾零碎。这样一来，搬家就变成小事一桩。每个人各负其责，发挥自己的特长，就能又好又快地完成任务，消除单打独斗给我们造成的孤独无力感，即便工作完成后，大家都疲惫不堪，也可以一同去蒸个桑拿浴放松一下。

合作无处不在，无论在工作中，还是在生活中都是一样。无论人数多少，即便只有两个人，也能成为一个团队。

想要团队合作顺利进行，除了注重发挥自身的优势之外，团队里的每一位成员也要同时具备以下特点：

● 观察力：团队中的每一位成员都要随时审视自己的工作是否有益于整个团队工作的进展，如果努力方向不对，自身能力发挥得越好，对团队工作的损害就越大。

● 分配和承担责任：每个人的能力都是有限的。一个成熟的团队会根据每位成员的能力大小进行责任分配，也会选择出统筹能力最强的成员，赋予其管理者的岗位，并令其承担相应的管理责任。责任分配的原则和标准，可以是每位成员的工作效率，也可以是其自身具备的某些特殊的能力：没有一个人是万

能的，一般来说，团队的领导人物都是技术出身。

● 信任团队：当然，团队里不免有人会抱怨工作太多，这时候就显现出团队的优势了。面对困境，团队中的成员可以相互鼓励，从而增强大家对于整个团队能够顺利完成任务的信心。您一定可以做到这一点！

● 移情和关怀：互相关心，在最困难的时候伸出援手帮助对方，这样的话，大家都不会感觉到孤立无援。

我为人人，人人为我！相互帮助，发挥特长，为共同的目标而奋斗——这就是合作！

故事复述：不莱梅的音乐家

一头老毛驴因为年迈无力干活儿将被主人抛弃。他不想坐以待毙，不想再像过去一样让自己的命运掌握在人类的手里。因此，为了使自己的晚年生活舒适顺心，老毛驴踏上了去不莱梅的漫漫长路，想要在那里发挥自己的音乐才能，成为一个音乐家，用音乐来谋生。

隐喻

毛驴音乐家——这听起来很不可思议！然而，这个概念后面隐藏着许多玄外之音，即：告别过去，开创未来，发掘潜力，或者对尝试新事物有浓厚的兴趣。

半路上他碰到了一只猎狗，一只老猫和一只公鸡，他们都是因为年老力衰，失去利用价值将被主人抛弃，和毛驴的境遇一样，因此，在毛驴的劝说下，和他一起踏上了新的征程。

这一行四人，各有所长。毛驴可以驮重物，紧急状况下还可以用蹄子猛踢敌人；猎狗的叫声很有威慑力，咬人一口就可以吓得对方夺路而逃；猫的眼睛在夜晚闪闪发亮，尖利的指甲可以挠伤敌人；公鸡飞得高，看得远，高声一叫还能吓人一跳。

夜晚来临了，公鸡飞上枝头，成为整个团队的眼睛，代替大家观察周围的情况。他发现远处森林里有一间屋子。饥肠辘辘的四个伙伴决定一起去屋子那里找食物。透过窗子，他们发现一群强盗正围坐在桌边大快朵颐。四个伙伴灵机一动，想出了一个吓走强盗们的好办法：他们按照大小顺序一个爬到另外一个的背上，一起大声叫喊，打碎玻璃，冲进了屋子。强盗们以为来了一头怪物，要将他们吞进肚子里，于是慌乱之中，夺路而逃，躲进了森林里。夜幕降临，强盗们派了一个哨探，想来看看屋子里的怪物还在不在。不料，这个强盗进到屋子里以后，先是被猫挠，再被狗咬，然后被驴踢，最后又被公鸡吓得魂飞魄散，仓皇逃回了森林里。

从此以后，四个小伙伴就欢乐地生活在屋子里，过上了与世无争、相互照顾的日子。

给孩子们的问题：

● 你知道团队合作吗？为什么大家会在一起组成一个团队？

● 一个团队最少要有几个人？

● 怎么样才能知道团队中每个成员的特长？

● 融洽高效的团队最重要的特点是什么？

● 你是否见过一个团队里既有人也有动物？

● 这种团队有什么特点？

● 如果团队里的人或动物年龄大了、力气弱了，该怎么办呢？这些动物在家里还能干些什么活儿？

● 老年人可以从这则童话故事中的动物们身上学到什么精神呢？

故事中的四只动物都无法完成年轻时能够完成的工作了，因此被主人嫌弃，导致他们背井离乡。同是天涯沦落人，他们组成了一个有着同样目标的团队，祸福相依。所有的成员都只有一个目标，那就是重新找到谋生的方法和生活的定位，找到一个能够认同他们自身价值的工作。面对强盗，他们其中的任何一个都过于弱小，因此，他们团结起来，发挥各自所长，同心协力迎接挑战、解决困难。多么完美的合作啊！

练习和游戏

团队合作所带来的良好感受来自于许多方面。共同完成任务、达成目标、获取成果能够给我们带来强烈的集体荣誉感。生活是试金石，锻炼团队意识最好的途径，就存在于应对日常生活的挑战中。当然，一些小的练习也可以帮助我们锻炼合作能力。比如盖房子、建立青少年活动中心这样的集体项目，就是一个很好的例子。"重组家庭和宽容"一章中的练习和游戏也适用于这一章：

攀岩

攀岩运动可以将个人运动和集体活动有机地结合在一起，既能展示个人的能力，也能发挥集体的作用。两个人就可以组成一个团队，制定一个共同的目标：攀上岩壁后，从自己的角度观察，建议对方下一步应该走哪里，或者建议对方哪里休息一下。尽管团队中的两个人分工不同，但是大家的目标却是一致的。单独攀岩非常危险，也十分枯燥。独自一人既要保证自己的安全，还要完成既定目标，真不是一件容易的事情。而作为一个团队来说，一个人的成功也就代表了整个团队的成功。

攀岩也给家长们提供了一个与孩子之间建立信任感的好机会。这项运动要求我们要全神贯注地关注和观察其他的团队成员。孩子在确保大人的安全方面经验不足，因此，如果家长也要攀岩的话，请您考虑再多邀请一位成年人参与其中，为您的安全保驾护航。孩子的任务就是在您攀岩过程中，建议您下一次休息的落脚点在哪里。有条件的话，不妨可以和其他的家庭成员一起，在攀岩馆里上一堂攀岩体验课程。攀岩课程也有专门针对孩子的特点设计的内容。通过共同联系，孩子可以学会如何与团队中的其他成员相处，同时还可以锻炼身体协调能力，增强自信心，改善眼手脚之间的配合度等，这些益处都可以称之为这项运动的"副作用"。

高空悬索/户外拓展训练

高空悬索和攀岩给您带来的感受是一样的。与登山和爬墙不同，高空悬索是一种令人既紧张又兴奋的游戏，玩家必须学会在高空中控制自己的紧张情绪，才能够顺利完成。多么适合冒险家去体验的一个游戏啊！克服紧张情绪、战胜摇晃的绳索可以锻炼孩子的勇气，增强孩子的自信心，让孩子变得更加强大。更重要的是，每当孩子惧怕困难而裹足不前时，就能随时得到您的支持和鼓励。条件允许的话，您还可以和孩子一起走上绳索，共同克服困难、享受团队胜利的果实。

猜谜游戏

这个古老的游戏需要团队成员之间相互积极配合才能完成，因此最适合用来锻炼孩子的合作意识。先把大家分为两队，一个团队的成员每个人说一个提前商量好的物品的一个特征，另一个团队的成员来猜这个物品是什么。现在网上流行的"地理宝藏"游戏可以算作是这个游戏的升级版。如果觉得这个游戏很有趣，您可以和家庭成员（或朋友）组队，互相猜对方一队所想的物品是什么，设计一个适合自己的猜谜寻宝游戏。

解人结

游戏的参与者们围成一个圈，所有人都闭上眼睛，同时向中心靠拢，摸到谁的手，就牢牢地拉住，直到每个人的每只手都握住了一只别人的手（这只手必须是相隔两个人的另一个人的手）为止。握住后不能松开，所有人的手都握好后，就形成若干纵横交错的"人结"。这时的任务就是在不放手的前提下，把扭成一团的人结重新解开。

这个游戏也有一定的隐喻意义。即便遇到的问题再困难、再繁复，只要大家一条心，就都能够解决。

如果要加大难度，可以规定大家在解人结的时候不许说话。也可以用一根长绳子代替手臂的作用。

分享和孤独

　　赠人玫瑰，手留余香，分享是可以习得的。当然前提是自愿：要让孩子明白，无论是给予者还是受益者，都能从分享中得到快乐。要鼓励孩子成为一个乐于助人的人，因为一个慷慨大方的成年人，永远不会感觉到捉襟见肘。

星星塔勒

　　从前，有一个可怜的小姑娘，她的爸爸妈妈在她很小的时候就去世了。小姑娘太拮据了，连一处容身之所都没有，更别说有一张能让她好好睡上一觉的小床了。一身破烂寒酸的衣服和一块儿好心人给的面包就是小姑娘全部的财产。小姑娘是一个很虔诚的信徒，因为她相信，即便整个世界都抛弃了她，万能的上帝也会带领她进入到更广阔的天地中去。

　　有一天，她在街上流浪的时候遇到了一个穷人，这个穷人可怜兮兮地求她

说："请给我一点儿吃的吧，我快饿死了。"小姑娘把手里唯一的一块儿面包全部给了他，并安慰他道："上帝会保佑你的。"小姑娘两手空空地向前走，又碰见了一个小孩子向她哀求道："我的头好冷呀，请给我点东西，让我把头盖住。"于是，小姑娘又把自己的帽子给了这个可怜的小孩子。没有了帽子的小姑娘哆哆嗦嗦地向前走，又有一个上身赤裸的孩子在寒风里快要冻僵了，于是，小姑娘又把自己的外套送给了这个孩子。小姑娘接着向前走，又碰见了一

个可怜的孩子，小姑娘毫不犹豫地把裙子脱下来送给他。小姑娘就这样走啊走，走进了一片森林里，这时候，天色已经暗了下来，周围一片漆黑，又来了一个向她索要上衣的人，好心的小姑娘想："天色已经这么晚了，应该没人能看见我穿没穿衣服，不如我把衬衣也脱下来给他吧。"于是，小姑娘脱下了衬衣，送给了对方。

　　一无所有的小姑娘抬起头，看见天上的星星一眨一眨地发出亮光，就像一枚枚闪闪发亮的塔勒；忽然，刚才在森林里送出去的那件衬衣又回到了她的身上，而且从原来的破破烂烂变得柔软光滑，天上的星星也变成了一枚枚的塔勒，像下雨一样落在小姑娘的周围，小姑娘将它们拾了起来，从此过上了富足美满的生活。

分享，让快乐变成双倍

说到分享，我们会下意识地觉得分享的对象一定是某种物品。事实上，分享的对象可以很多样，有时间、经历、还有美好的时刻，这些都可以算作是个人的财富。孤独寂寞是现代社会的一大热门话题。许多人都在寻求更多的安全感，在社会中找到一个适合自己的位置。历经数代，以血缘关系为纽带的家族联系会逐渐变得淡漠。独生子女更容易在父母逝去之后，陷入到孤独无助的境地中。让孩子从小就知道，分享会带来更多的财富，是一件很重要的事情：参加社会团体，融入到集体中，和大家一起分享精彩的时刻。也可以和他人分享一些物质上的东西，这样的话，在你有困

难的时候，别人也会来帮助你。

以上所说的这些适用于每一个孩子。独生子女家庭的父母也要按照这样的标准来要求自己，争取给孩子做出一个好榜样。

故事复述：星星塔勒

从前，有一个穷苦的小姑娘，她几乎一无所有：没有床，没有像样的衣服，也没有能够照顾她的父母跟她说遇到困难的时候应该怎么办。有一个好心人送给小姑娘一块儿面包，让小姑娘感受到分享的快乐。小姑娘觉得，得到他人的帮助感觉好极了。于是，当一个饥

肠辘辘的乞丐向她讨要饭食的时候，她就毫不犹豫地把手里的面包送给了他，也感受到了分享的快乐。在这之后，她把自己所有剩下的衣服都给了路上遇到的可怜的小朋友：帽子和衣服。直到最后，她一无所有后，天上的星星掉了下来，变成了一枚枚的塔

隐喻

从元上掉下来的星星，象征着友谊、博爱和温暖，是用来奖励主人公乐于助人、无私分享的好品质的。

勒，帮助她过上了富足美满的生活。

例如，在沙滩上玩沙子，孩子很快就会发现，把自己的铲子和桶分享给其他的小朋友，一起度过一段美好的时光，比一个人盖沙堡有趣得多。当然，能够获得这种感受的前提是孩子自愿进行分享。

这则故事会让孩子们感觉到与别人分享的快乐，您可以把这则故事当做范例，讲给孩子听。

荣誉的背后

有时候，我们也需要独处的时间，用来锻炼身体、修复心情，或者增长见识。这就是独立自主的魅力。许多成年人抱怨自己年少的时候免不了要和兄弟姐妹们分享，从来没有享受过"吃独食"的感觉，也从来没有过这种可能性。尤其是家庭条件并不富

隐喻

塔勒象征着主人公内心的财富，比如经验、自信和强大的内心，同时也代表了金钱带来的物质财富，以及物质财富能够支撑的接下来的生活。伴随着塔勒从天而降，童话故事中的主人公带着您完成了精神的升华。

东西分享给他人之后，主人公仍旧是一个人上路。直到她的善举被上帝看到，用星星变成了塔勒对她进行奖励后，主人公才开始了新的生活。从此之后，她再也不用为生计担忧，又能重新融入这个社会了。

裕的情况下，对孩子们来说就更难心甘情愿地去分享了。这也并不意味着多子女家庭的孩子就没有独自享受的时候。比如，可以找机会和爸爸妈妈单独相处，独自享受一下没有兄弟姐妹打扰的"亲子时间"。

星星塔勒中的孤独

这则童话故事中还涉及到孤独这个主题。读者很容易从其中读出孤独的感觉：主人公孤零零地活在这个世界上。总是碰到一些需要她给予帮助的可怜人，分给他们食物和衣服。可是，把

给孩子们的问题：

● 为什么小女孩儿要把自己的东西送给别人？

● "分享，让快乐变成双倍"这句话是什么意思？

● 我们该不该有时候也给自己留一些东西？什么时候合适呢？

● 曾经有没有人把自己的东西分享给你，让你觉得很高兴呢？

● 你什么时候曾因为乐于分享而得到过奖励？

● 你有过独自一人的时光吗？

● 独处对你来说意味着什么？

● 你觉得小姑娘得到这么多钱之后会去干什么？

练习和游戏

分享是不能通过练习学到的，而是通过家长的以身作则，孩子的耳濡目染才能深入到孩子的血液中去。如果要安排一些练习的话，请参看76页和97页的练习即可。

重组家庭和宽容

下面这些情况不仅仅会出现在童话故事中。与继父母，以及同父异母的兄弟姐妹相处，在重组家庭中寻找到自己的定位。虽然和家庭新成员的相处不总是平静快乐、充满祥和的。

灰姑娘

从前，有一个富有的贵族，他的夫人病得很重。弥留之际，她把自己唯一的爱女叫到床边对她说："亲爱的孩子，只要你永远诚实、善良，上帝就会庇佑你，妈妈也会在天堂保佑你。"说完之后，她就永远地闭上了眼睛。妈妈去世之后，小姑娘每天都要到妈妈的墓碑前看望她，向妈妈保证一定遵从妈妈的遗愿，永远保持诚实、善良。冬天来了，大雪为妈妈的坟头盖上了一层厚厚的白被子。等到来年春暖花开的时候，爸爸又娶了一个妻子。

和后母一起来的，还有她那两个外表艳丽，内心却十分险恶的女儿。从此以后，小姑娘幸福的日子就一去不复返了。

"天啊，这个蠢丫头怎么可以跟我们坐在一起。"两位姐姐对着小姑娘大喊道。"要想吃饭，就必须干活儿，和女仆们一起去把厨房打扫干净！"两位恶毒的姐姐扒下了小姑娘身上漂亮的衣服，扔给她一件灰色的旧裙子和一双破木屐。"快瞧瞧，看看这位骄傲的公主打扮得多漂亮啊！"两位姐姐冷嘲热讽地说道。可怜的小姑娘只能从早到晚不停地干粗活，天还没亮就要起来提水点火，做饭洗衣。除此之外，还要忍受两个姐姐的恶作剧，她们把豌豆和扁豆倒在灰里，又让小姑娘再拣出来。晚上，精疲力尽的小姑娘也不能上床睡觉，只好躺在灶火旁的灰堆里，所以总是把自己弄得灰头土脸。于是，两个姐姐就给她起了个外号，叫她"灰姑娘"。

有一次，爸爸要去赶集，就问两个继女，应该给他们带点什么礼物回来。

"我要漂亮衣服。"一个说。

"我要珍珠宝石。"另一个说。

"你呢，灰姑娘，"爸爸问道，"你想让爸爸带点儿什么给你呢？"

"爸爸，如果您非要给我带礼物的话，就请您把回家路上碰到您帽子的第一根树枝折下来带给我吧！"

爸爸到了集市上，给两个继女买了漂亮的衣服和珍珠宝石，在回家的路上，骑马路过一片绿色的丛林，一根榛树枝划了他一下，把他的帽子碰掉了，他就把那根树枝折下来带回家。到家以后，爸爸把两个继女要的东西都给了她们，灰姑娘则得到了那根树枝。灰姑娘感谢了父亲后，就来到母亲的坟前，把榛树枝插在坟头，失声痛哭，眼泪像断了线的珠子一样从小姑娘的脸上滚落了下来，打湿了树枝。树枝活了过来，渐渐长成了一棵健壮的小树。每天，灰姑娘都会来这里三次，到树下哭泣和祈祷，每次都有一只白色的小鸟儿飞到树上来，只要她说出自己的愿望，小鸟儿就把她希望得到的东西从树上扔下来。

有一次，国王要举行一个为期三天的盛大宴会，邀请国内所有年轻漂亮的姑娘来参加，好让王子从中选出一位做未婚妻。灰姑娘的两位姐姐听说了这个消息高兴极了，忙喊来灰姑娘，命令道："快给我们梳头刷鞋，别忘了缝好皮带扣，我们要去国王的宫殿里参加宴会。"

灰姑娘听从了她们的话，默默地为她们打点好一切，可是，灰姑娘自己却委屈极了，因为她也想去国王的宫殿里看一看，如果能跳上一支舞，那就真的没有遗憾了。于是，她小心翼翼地哀求继母，希望继母能够大发慈悲，让她跟着两个姐姐一起去。

"灰姑娘，"继母不屑一顾地讥讽道，"你看看自己，满身的尘土，灰头土脸的，就这样还想参加国王的宫廷宴会？连像样的衣服和鞋子都没有，也妄想跳什么舞！"

经不住灰姑娘的一再哀求，继母终于说道："好吧，我就给你个机会，我把这一碗扁豆倒进灰堆里，你要是两个小时内能把扁豆重新拣出来，我们就可以带着你一起去见见世面。"

听了这话，灰姑娘高兴极了，她连忙穿过后门，来到花园里，对着天空喊道："听话的鸽子和斑鸠，所有天上飞的鸟儿，都来帮我拣扁豆，好的拣进碗里，坏的吞进肚里。"

话音刚落，两只洁白的小鸽子从厨房的窗户飞了进来，后面跟着几只斑鸠。不一会儿，小鸟儿成群结队地从窗口呼啦啦地飞了进来，落在灰堆的周围。鸽子带头从灰堆里找扁豆：嘣、嘣、嘣、嘣，其它的小鸟儿们也都跟着干了起来：嘣、嘣、嘣、嘣，把好的扁豆全拣到碗里。不到一个小时，它们就已经把所有的扁豆拣了出来。完成任务后，小鸟儿们高高兴兴地拍着翅膀飞走了。

小姑娘兴高采烈地把装满扁豆的碗展示给继母看，以为自己完成了继母的任务，就可以去参加王子的宴会了。可是，继母却对小姑娘说道："灰姑娘，你还是不能去，瞧你连件像样儿的礼服都没有，怎么能在宴会上跳舞呢，就这么灰头土脸的，肯定会被笑死的。"

听了继母的这番话，灰姑娘伤心的哭了起来。见到如此情景，继母不耐烦地说："好吧好吧，再给你一次机会，如果你能在一个小时内从灰堆里拣出两碗扁豆，就可以跟着我们去。"虽然嘴上这么说，但是继母的心里却得意地想到："这么难的任务根本不可能完成。"继母把两碗扁豆倒进了灰堆里后，就休息去了，等着一个小时后看灰姑娘出丑。等继母走后，灰姑娘再一次蹑手蹑脚地打开后门，来到花园里，对着天空大声喊道："听话的鸽子和斑鸠，所有天上飞的鸟儿，都来帮我拣扁豆，好的拣进碗里，坏的吞进肚里。"

不一会儿，从厨房的窗户飞进来两只洁白的小鸽子，后面还跟着几只斑鸠。一会儿，小鸟儿成群结队地从窗口呼啦啦地飞了进来，落在灰堆的周围。鸽子带头从灰堆里找扁豆：嘣、嘣、嘣、嘣，其它的小鸟儿们也都跟着干了起来：嘣、嘣、嘣、嘣，把好的扁豆全拣到碗里。

不到一个小时，它们就已经把所有的扁豆拣了出来。完成任务后，小鸟儿们就高高兴兴地拍着翅膀飞走了。小姑娘兴高采烈地把装满扁豆的碗展示给继母看，以为自己完成了继母的任务，就可以去参加王子的宴会了。可是，继母却对灰姑娘说道："瞧瞧你的样子，真是无药可救。跳舞的礼服也没有一件，要是让你去了，岂不是把我们的脸面都要丢尽了，不能去。"继母说完这番话，就带着她那骄傲的不可一世的两个女儿，坐着马车扬长而去。

等到大家都走了，伤心的灰姑娘再一次来到妈妈的墓前，向母亲墓前高大的榛子树诉说自己的不幸："繁茂的榛子树，请你摇一摇，把飘落下来的树叶，都变成金银往我身上抛。"

话音刚落，一只小鸟儿就飞过来，停在树上。只见它的嘴里衔着华美的礼服，爪子上抓着镶有金线的鞋子。小鸟儿把这些都扔了下来，送给了灰姑娘。灰姑娘开心极了，赶快换上了这身漂亮的礼服，赶到宴会的现场。她的继母和两个姐姐根本想不到眼前这位光彩照人的姑娘就是平常灰头土脸的灰姑娘，还以为是一位高贵的公主呢。她们以为灰姑娘还在家里的灰堆里捡扁豆呢。王子也被灰姑娘吸引住了，不由自主地向她走了过来，牵起灰姑娘的手，邀请她和自己跳一支舞。从此以后，王子的眼睛再也离不开灰姑娘，除了灰姑娘之外，王子不想和任何姑娘跳舞，每当有姑娘来邀请王子跳舞的时候，王子就紧紧握住灰姑娘的手说道："我的舞伴在这里。"

就这样，灰姑娘和王子跳了一支又一支舞，直到深夜。灰姑娘想要回家，王子说："好吧，那我送你回家。"王子想看看这位漂亮姑娘是谁家的，她的家是什么样子的。可是，灰姑娘并不想让王子看到自己寒酸的样子，于是趁王子不注意，跳进了旁边的鸽子房里。

王子只好站在那里等着，等到灰姑娘的父亲回来，王子告诉他，有一位陌生的姑娘跳进了鸽子房。她父亲想："难道是灰姑娘？"但是他打开门，里面却没有人。这时灰姑娘已经回到家，穿着她的脏衣服躺在灰堆里，墙洞里点着一盏昏暗的油灯。原来，灰姑娘敏捷地从鸽子房后面跳下去，朝小榛树跑去，到了那里，她脱下漂亮的衣服，放在墓前，小鸟儿又把它们拿走了，然后她穿上自己的灰裙子回到厨房，躺在灰堆里。

第二天，宫廷宴会又开始了。父亲带着两个打扮得花枝招展的姐姐，高高兴兴地参加宴会去了。等他们都走了，灰姑娘又一次来到榛子树下，像上次一样对榛子树说到："繁茂的榛子树，请你摇一摇，把飘落下来的树叶，都变成金银往我身上抛。"

话音刚落，树上就飘下来一套比上次更华丽的衣服。当灰姑娘穿上这身礼服再次出现在宴会上的时候，所有宾客都被她的美丽惊呆了。王子依然像上次一样，在众多的姑娘中只邀请了灰姑娘做自己的舞伴。每当有姑娘来邀请王子跳舞的时候，王子就紧紧握住灰姑娘的手说道："我的舞伴在这里。"

不知不觉午夜的钟声再次敲响了，又到了灰姑娘该回家的时候。王子悄悄地跟踪着灰姑娘，想要看看心爱的姑娘到底住在哪里。可是她又逃脱了，跑到房子后面的园子里去了，园子里有一棵美丽的大树，树上挂满了又脆又甜的梨，她像松鼠一样敏捷地爬到树杈上。王子不知道她跑到什么地方去了，就站在那里等着，等到灰姑娘的父亲回来，告诉他："那位陌生的姑娘又逃走了，我觉得她好像是爬到这棵梨树上去了。"父亲想："难道是灰姑娘吗？"便取来一把梯子，爬到树上，可是上面没有人。

他们来到厨房，看见灰姑娘像平时一样躺在灰堆里。原来，她从树的另一边跳下去了，榛子树上那只小鸟又把漂亮的衣服拿走了，她又穿上了自己的灰裙子。

第三天，父母带着两位姐姐走了以后，灰姑娘再次来到母亲的墓前，对榛子树说："繁茂的榛子树，请你摇一摇，把飘落下来的树叶，都变成金银往我身上抛。"

于是，那只小鸟又给她扔下一件衣服，这件衣服非常华丽，非常耀眼，她还从未穿过这样漂亮的衣服呢。当她穿着它出现在宴会大厅时，所有的人都惊讶得不知说什么好。王子只和她一个人跳舞，如果有人来邀请他，他就说："我的舞伴在这里。"

天黑了，灰姑娘要回去，王子想送她，可是她又十分敏捷地逃脱了，他没能追上她。不过这次王子用了一个计谋，他让人把整个楼梯都涂上柏油。当灰姑娘跑下楼梯时，左脚的鞋被粘掉了。王子捡起鞋一看，这鞋小巧玲珑，完全是金子的。第二天早上，王子拿着鞋去找灰姑娘的父亲，并对他说："谁要是能穿上这只鞋子，谁就可以成为我的妻子。"

那两姐妹听了非常高兴，她们认为自己漂亮的脚一定可以赢得王子的青睐。大女儿把鞋拿进屋里去试，她的母亲站在旁边。可是她的大脚趾塞不进去，这鞋对她来说太小了。她的母亲递给她一把刀子，说："把脚趾剁掉！要是你做了王

后，就用不着走路了。"女儿剁下脚趾，硬把脚塞进鞋里，忍着疼走出来见王子。王子把她当作自己的未婚妻，扶她上马，骑着马带她走了。但是当他们路过灰姑娘母亲的坟墓时，两只鸽子蹲在小榛树上叫道："回头看，扭头瞧，鞋里的鲜血往外冒；这只鞋子实在小，真的新娘还得回去找。"

王子回头一看她的脚，只见血正往外流。于是调转马头，把假新娘又送回家，说她不是真的，得叫别的女儿来试鞋。继母的小女儿拿着鞋走进屋子，还好，脚趾穿进去了，可是脚后跟太大。于是她母亲也递给她一把刀子，说："把脚后跟剁去一块。要是你做了王后，就用不着走路了。"女儿把脚后跟剁去一块，硬把脚塞进鞋里，忍着疼走出来见王子。

王子把她当作自己的未婚妻，扶她上马，骑着马带她走了。当他们从小榛树旁走过时，两只鸽子站在树上叫道："回头看，扭头瞧，鞋里的鲜血往外冒；这只鞋子实在小，真的新娘还得回去找。"

王子往下一看她的脚，发现鞋里的鲜血直往外冒，把两只白色的袜子全染红了。于是他调转马头，把假新娘又送回去了。他说："这个也是假的，你们还有别的女儿吗？"

灰姑娘的父亲回答说："没有了。还有一个是我前妻生的，是个又瘦小又可怜的灰姑娘，她不可能是新娘。"

王子要把她喊出来。但是继母说："啊，不行，她太脏，见不得人。"

可王子坚决要把灰姑娘叫出来。于是灰姑娘把手和脸洗干净，来到王子面前，向他鞠了一躬，王子把那只金鞋递给她。她坐在凳子上，脱下笨重的木屐，穿上那只金鞋，不大不小正合适。当她站起来时，王子看见她的脸，认出她就是同自己跳舞的那个漂亮的姑娘，叫道："这才是真正的新娘！"

继母和那两个姐妹大吃一惊，气得脸色发白。可是王子已把灰姑娘扶上马，骑马带她走了。当他们路过小榛树旁时，两只白鸽子叫道："回头看，扭头瞧，鞋里的鲜血没有了；这只鞋子不大也不小，真正的新娘找到了。"

它们叫完之后，飞下来落在灰姑娘的肩上，右边一只，左边一只，永远不离开她。

当灰姑娘同王子举行婚礼的时候，那两个坏心肠的姐妹也来了，想奉承她，分享她的幸福。新郎新娘向教堂里走去，姐姐在右，妹妹在左，鸽子把她

们每人的眼睛啄掉了一只。随后，当她从教堂里出来的时候，姐姐在左，妹妹在右，鸽子把她们每人的眼睛又啄掉了一只。虚伪狠毒的两姐妹，最终受到了严厉的惩罚。

为什么我的孩子总是接受不了？

现如今，重组家庭父母双方各自带着上一段婚姻中的小孩，组合成为一个新家庭已经越来越常见了。

和您不同的是，孩子在见到您新伴侣的时候，对这位闯入自己生活的成年人（以及对方带来的小孩）是缺乏爱和接受度的。小孩子难以理解一个成年人希望能够和新的伴侣共度余生的愿望。孩子往往会抱着一种矛盾的心理看待您和您的伴侣，一方面希望你们互敬互爱，另一方面又觉得您和新伴侣的幸福生活是对原配的"背叛"。嫉妒和恐惧这两种情绪会时不时地出现在孩子身上，原因就在于孩子害怕您有了新伴侣后，就会不再爱自己。如果您的新伴侣还带来了新的继子女，那么孩子的这种

这样做就能帮助孩子适应重组家庭：

- 对孩子坦诚相待。真诚地告诉孩子您有多么爱您的新伴侣，确实需要这样一个成年人相伴。
- 用实际行动向孩子证明，您并没有因为有了新伴侣就忽视了他的感受，您和以前一样爱他。
- 不要轻信任何挑拨的言辞，无论这样的言辞是来自新组建家庭的内部成员，还是前伴侣的。尽量得到孩子亲生父亲/母亲的支持，让孩子感觉到虽然家庭成员发生了变化，但并不会损害孩子与自己亲生父亲/母亲的关系。
- 不要欺骗任何一位家庭成员。重组家庭的父母们倾向于早点儿获得继子女的信任，因此往往会采取无条件满足继子女任何要求的方式，请您不要横加阻拦。这一过程可能会延续一段时间，请您让您的伴侣务必耐下心来。
- 让礼貌和尊敬成为重组家庭共同生活的基调。这两点往往是重组家庭长大的孩子所具备的优点——重组家庭长大的孩子往往具备出众的社交能力，同时也懂得适时地妥协退让。
- 定期开家庭会议。让每个家庭成员都把自己的需求、愿望和困难开诚布公、条理清晰地表达出来。
- 认真严肃地对待每一位家庭成员遇到的困难，动员大家一起找出解决困难的方法，尽量公平公正地对待重组家庭里的每一位家庭成员。这样的努力是非常值得的——每位家庭成员都能在保有私人空间的同时，感受到其他家庭成员的关心和爱护。
- 保有私人空间和时间。和您的新伴侣各自保有自己的私人空间和时间，以便双方留出余裕来处理各自的事情。

情绪就会更加严重。

怎样赢得孩子的支持？

赢得孩子的支持没有任何捷径可走，只有付出时间、尊重和关心孩子，再加上耐心、耐心、再耐心，才有希望使得新家庭和睦美满。

故事复述：灰姑娘

灰姑娘这则故事为我们讲述了一个重组家庭的失败案例。重组家庭中的成员们由于价值观各自不同，造成互相猜疑，争端不止，完全看不到彼此尊重、相敬如宾的和谐场面。

发妻因病去世后，灰姑娘的父亲又续弦娶了一位妻子，从此以后，灰姑娘就有了一位继母。除此之外，继母还带来了自己和前夫生下的两个女儿。然而，这个重组家庭的成员们互相之间相处得并不愉快。从一开始，继母和她的两个女儿就视灰姑娘为眼中钉肉中刺，因此也绝对不会对灰姑娘平等以待，把她真正地当做这个家庭中的一员。

受到继母和两个姐姐欺负的灰姑娘在父亲那里得不到任何声援和保护。作为一个未成年的孩童，灰姑娘还没有从心理上接受母亲已经去世的这个事实，还需要来自母亲的关心和爱护；继母对自己两个孩子的宠爱比对这位继女要多得多，

隐喻

那些以失去母亲的女孩儿作为主人公的童话故事中，其情节往往是女孩儿在自然中寻找帮助、扶持或建议（"青蛙王子"里的公主也是在森林里找到解决办法的，请参看166页）。大自然代表着母性的力量，主人公在大自然中寻找帮助，其实就代表着在寻找生命中缺失的那份母爱。

支持两个女儿并同她们一起欺负排挤灰姑娘。而可怜的灰姑娘只能在母亲的墓前、在大自然中、在小动物的帮助中寻求安慰。与去世的母亲和小鸟儿的对话，其实就是灰姑娘倾听自己内心声音，以及自我鼓励的过程。

得到了来自大自然的力量，灰姑娘就能够完成继母派给她的这些看似不可能完成的任务了，即：想要参加王子的宴会，就必须把扁豆从灰堆里拣出来。在小鸽子们的帮助下，灰姑娘顺利地完成了这个任务，然而，事实却是：灰姑娘内心的力量告诉自己，怎样做才能得到帮助。最终，灰姑娘实现了梦想，身着华丽的礼服出现在王子的宴会上，并一举赢得王子的青睐。这时的灰姑娘光彩夺目，瞬间成为全场的焦点，获得了极大的满足感。两

个姐姐欺骗王子，破坏灰姑娘姻缘的险恶用心被戳穿之后，灰姑娘就成功地成为了王子的爱妻。而两个姐姐却为她们的虚伪和狠毒付出了应有的代价：鸽子把她们的眼睛啄瞎了。

隐喻

这则童话故事的结局乍一看很令人心惊肉跳，读者往往会疑惑于安排如此结局是想告诉我们一个什么道理。一方面，就像大部分读者认为的那样，这样的结局就是要告诉读者"善有善报，恶有恶报"这个道理。另一方面，鸽子把两姐妹眼睛啄瞎，意味着从今以后，这两姐妹就失去了认知外部世界的能力，终此一生都只能自查自省，"看一看"自己的内心世界。只有这样，这两姐妹才有可能认识到讽刺挖苦这个行为会对别人造成多大的伤害，就像她们以前对待灰姑娘那样。

给孩子们的问题：

● 为什么灰姑娘的两个姐姐对灰姑娘这么不好？
● 为什么灰姑娘的爸爸什么都不做？
● 为什么小鸟儿和榛子树要帮助灰姑娘？
● 衣服到底是从哪里来的？

练习和游戏

下列练习和游戏适合多人共同参与，有助于增加重组家庭成员们互相之间的信任感和亲密度。

金鸡独立

用粉笔在地上画一个圈，或者用一条绳子围成一个圈。参加游戏的所有人只允许一只脚站在圈子里，另一只脚腾空，只用手扶住其他人来保持平衡。请孩子们思考一下，每个人用的力气都必须一样才可以保持住平衡吗？还是其中必须有一个人比别人用的力气大才行？

通过这个游戏，孩子们能够感受到通过集体努力，就能保持团队的整体平衡。除此之外，要使游戏成功，团队中的每个人都要付出努力，单独靠一个成员是不可行的。

穿越雷区

设置一个"雷区"，"雷区"里的"地雷"可以是枕头、盆盆罐罐、书，或者是装满水的纸杯等不会伤害人的物件。

每两人一组，其中一个闭上眼睛，在另一个人的指挥下，穿过"雷区"。一旦触碰到"地雷"，该组就整体淘汰。这个游戏最有趣的时候，就是踩到装满水的纸杯子。

要玩好这个游戏，合作双方的交流很重要。除此之外，这个游戏还能锻炼参与者的观察能力、责任心和信任感。

人体钟摆

这个游戏至少需要四个人参与。四人围成一个周长约150厘米的圆圈，第五个人站在圆圈中间，选择背朝任何一个人的方向倒下去。当然，要保持身体笔直，扶住他的人再将他轻轻推向另外一个同伴的方向。整个游戏过程中，中间的人一定要保持身体笔直，

以便周围的人能够轻松将其扶住，再进行转向。

这个游戏能够增强成员们之间的信任感、责任心和团队意识，让大家学会如何用柔和的方式帮助他人解决问题。

自由落体

这个游戏是人体钟摆游戏的升级版，两个人就可以完成游戏，也可以把家庭成员进行两两分组后完成游戏。一个人背朝另一个人，站在其前面；两人距离不要离得太远，一臂长为宜。站在前面着的人向后倒，后面

的同伴将其接住。成功完成这个游戏，也要注意身体姿势，尽量保持笔直状态。

这个游戏能够增强成员们之间的信任感、责任心和换位思考的能力。

做包装盒！

一组成员合作，做一个包装盒，比如衣服包装盒、水果包装盒等。无论采取什么样的方法，只要做出来就行。

成功完成这个游戏需要团队精神：整个团队的所有成员都要为了解决一个问题而努力。

气球游戏

参加游戏的所有人排成一队，在前一个人的后背和后一个人的前胸之间塞一个气球，将所有的空隙都塞进气球后，整个队伍向前移动。游戏过程中，要保持气球不掉下来，也不被挤爆。

队伍也可以摆成一个圆形，转圈移动。

这个游戏能够提高游戏成员之间配合的默契度，以及动作的协调性。

新德里的公交车

您有没有见过印度的公交车？印度的公交车里挤满了乘客，大家只有互相抓紧对方，才能够保持平衡不摔倒。

像"耶路撒冷之旅"这个游戏一样，准备几个凳子，把它们背靠背围成

一个圈放在屋子里的空地上。要注意，椅子的数量需比参加游戏的人数少一个。参加游戏的人随着音乐围着椅子绕圈圈，等到音乐停下来的时候，立刻找到一张椅子坐下来。即使是多人坐在一张椅子上也没关系。每一轮游戏结束后，就去掉一张椅子，但参加游戏的人数不变。这样做的目的就是让更多的人想尽办法坐在一张椅子上。一旦有一位成员掉下椅子，那么整个游戏就结束。

这个游戏能够让团队成员更加团结友爱：因为只有大家同心协力，才能够完成游戏，这就要求每个人都要考虑别人，都要给予他人帮助和支持。

信箱

为每一个家庭成员做一个"信箱"：可以用鞋盒，或其他硬纸盒做成信箱，再用彩纸、彩笔或贴画儿装饰一下。在其中的一面剪一个投信口。如果想把自己的所思所想或是有趣的事情分享给其他的家庭成员，就请您写一封信或画一幅画，把它投进对方的信箱里。当然也可以把一些小礼物投进去送给对方，比如小贴画、水彩笔、邮票，或者造型别致的橡皮。

定期查看自己的信箱，比如可以选择在每个星期天下午，所有的家庭成员都坐在一起的时候。

嫉　妒

　　像雪一样白，像血一样红，就能令一个人嫉妒得发狂？作为父母，您一定发现过曾经出现在孩子身上的这种现象：孩子从三岁开始就会有嫉妒心，会因为爸爸妈妈把玩具熊给了兄弟姐妹，或是没有第一个得到妈妈的睡前一吻而哭闹。

白雪公主

严冬时节，鹅毛一样的雪花在天空中到处飞舞着，有一位王后坐在王宫里的窗子边做着针线活儿。寒风卷着雪片飘进了窗子，乌木窗台上飘落了不少雪花。她抬头向窗外望去，一不留神，针刺破了她的手指，红红的鲜血从针口流了出来，有三点血滴落在飘进窗子的雪花上。白色的雪花衬得这鲜红的三滴血如此嫣红，让王后不仅想到：要是我能生一个皮肤白得像雪，嘴唇红得像血，头发黑得像乌木一样的女儿，那该有多好啊！不久之后，王后果然生了一个女儿，她的皮肤白得像雪，嘴唇红得像血，而头发却像乌木一样黑，王后为她的女儿起名叫白雪公主。然而，白雪公主还没有长大，王后就去世了。一年之后，国王又娶了一位新王后。这位新王后虽然长得很美，却十分骄傲自负，嫉妒心极强，只要听说有人比她漂亮，她就忍受不了。新王后有一个宝贝，那是一面魔镜。新王后每天都要站在魔镜面前问它：

"魔镜魔镜告诉我，谁是世界上最美的女人？"

魔镜回答道：

"尊敬的王后，您是世界上最美的女人。"

听到这样的话，王后就会很满足，因为她知道，魔镜是不会撒谎的。

可是，时间一天天过去，白雪公主慢慢地长大，出落得越来越标致了。到七岁的时候，白雪公主已经像春光一样明媚夺目，比王后更加的美丽动人。有一天，王后再次来到魔镜的面前问道：

"魔镜魔镜告诉我，谁是世界上最美的女人？"

可是魔镜却回答道：

"尊敬的王后，您是这里最美的女人，可是白雪公主比您还要美上一千倍。"

听到魔镜如此回答，王后顿时大惊失色，瞬间充满了愤怒和嫉妒。从此以后，只要一看到白雪公主，王后就恨得咬牙切齿。嫉妒像野草一样在王后的心里越长越高，折磨得她日夜不得安宁。于是，她叫来一名猎人，命令他道："把这个孩子给我带到森林里去，我再也不想见到她了。你杀掉她后，把她的肺和肝拿回来当做证物。"

猎人听从了王后的命令，把白雪公主领进森林深处。就在他抽出猎刀，要将白雪公主的心脏刺穿的时候，可怜的白雪公主哭了起来："亲爱的猎人，求求您不要杀我！我会跑进森林里度过余生，再也不回王宫了。"看着白雪公主美丽动人的小脸儿，猎人一下子心软了，他对白雪公主说道："好孩子，你快走吧，走得越远越好！"白雪公主向森林深处走去，看着她渐渐模糊的背影，猎人心里就像一块儿大石头落了地。因为他知道，森林里有许多野兽，白雪公主十有八九逃不过被它们吃掉的命运，这样一来，即便自己没有亲手杀掉她，也算是完成了王后给的任务。为了证明自己已经亲手杀死了白雪公主，猎人操起猎刀，杀死一头过路的小鹿，并把它的肺和肝挖出来，带回王宫，给了王后。王后迫不及待地把猎人带回来的肺和肝煮熟，吃到了肚子里，自以为从此以后再也没有人比她漂亮了。

而这个时候，可怜的白雪公主却一个人在大森林里迷了路。树叶被风吹得沙沙作响，小姑娘不知道谁还能帮助自己走出森林。她害怕极了，不由自主地开始奔跑，脚下锋利的石头划伤了她的脚，身旁各种植物的刺挂破了她的皮肤，许多野兽从她身旁跳过，却没有一个伤害她。就这样，白雪公主跑啊跑，一直跑到了晚上。突然，她的眼前出现了一间小木屋，白雪公主实在是太累了，想在这里休息一个晚上，于是，她就推门进去了。眼前的景象让白雪公主很惊讶，房屋里布置得井井有条、整洁干净，不过，所有的东西都很小。屋子中间摆着一张小桌子，小桌子上铺着雪白的桌布，桌布上摆放着七只小盘子，每只盘子里都有一些点心，盘子旁边放着七只装满葡萄酒的杯子，还有七只小刀和小叉子。靠墙摆放着七只小床，床上铺着雪白的被褥。白雪公主又饿又渴，于是走到桌子边，从每一只盘子里拿了点吃的，又把每只杯子里的葡萄酒喝了一点；因为她不想把任何一个人的东西都吃完喝完；吃完点心，喝完酒之后，白雪公主非常疲倦，她想找一张合适的床休息一下，于是，她就从第一张床开始试，可是，这些床不是太长，就是太短，试到第七张床，才刚好；白雪公主躺在床上，沉沉地睡着了。

　　夜色渐浓，小木屋的主人们回来了，他们是七个在山里开采金子的小矮人。他们点亮了屋子里的七盏小灯，屋子里亮了起来，他们马上发现屋子里来过人了，因为所有的东西都不像他们走得时候那样井井有条。第一个小矮人叫道："谁坐过我的凳子？"第二个小矮人叫道："谁吃过我盘子里的东西？"第三个小矮人叫道："谁吃了我的面包？"第四个小矮人叫道："谁吃了我的果酱？"第五个小矮人叫道："谁动了我的叉子？"第六个小矮人叫道："谁用了我的刀子？"第七个小矮人叫道："谁喝过我的葡萄酒？"第一个小矮人

又向床上看了看，发现了皱巴巴的床单，叫道："谁在我的床上睡过觉？"其他的小矮人都跑到自己的床边看了看，大家都忍不住叫道："我的床上也有人睡过！"当第七个小矮人走到自己的床边，想要看一看有没有人睡过自己的床时，却看到了在床上熟睡的白雪公主。第七个小矮人把其他的小矮人都叫过来，大家都惊讶极了，提起七盏小灯，照亮了白雪公主的脸。

"噢，我的天啊！噢，我的天啊！"小矮人们异口同声地惊叹道，"这个小姑娘怎么这么漂亮！"他们爱怜地看着白雪公主，生怕将她吵醒了。而第七个小矮人就轮流在其他人的床上每次睡一个小时，度过了整个晚上。

第二天早晨，白雪公主醒来后看到七个小矮人围着她，吓了一大跳。小矮人们和气地问小姑娘："你叫什么名字呀？"

"大家都叫我白雪公主，"白雪公主回答道。

"你怎么跑到我们的房子里来了？"小矮人们接着问道。

于是，白雪公主就把继母如何想要杀害自己，猎人如何放了自己一条生路，以及在森林里跑了一整天才找到这个小木屋歇歇脚的过程讲给小矮人们听。小矮人们十分同情白雪公主的不幸遭遇，于是就说道："如果你愿意帮我们做一些家务，比如收拾屋子、做饭、铺床、洗衣服、缝缝补补、把家里打理得整齐干净，你就可以留下来，什么都不会缺你的。"

"太好了，"白雪公主高兴地说道，"我非常愿意！"就这样，白雪公主留了下来，和这七个小矮人一起生活。

每天早晨，七个小矮人就要进山开采金子，而白雪公主则留在家里收拾屋子。晚上回来的时候，白雪公主就已经为他们准备好晚饭了。整整一个白天，白雪公主都要独自待在房子里；小矮人们叮嘱她道："小心你的继母，她很快就会知道你在哪里；我们不在的时候，不要给任何人开门！"

自从把猎人带回来的肺和肝吃到肚子里后，王后以为白雪公主已经死了，这下她一定是全世界最漂亮的女人了。有一天，她再次来到魔镜面前问道：

"魔镜魔镜告诉我，谁是这个世界上最美的女人？"

不料魔镜却回答道：

"尊敬的王后，您是这儿最美的女人，但山那边七个小矮人屋子里的白雪公主，比您还要美上一千倍。"

王后听了大吃一惊，因为她知道，魔镜是从来不说假话的，一定是猎人欺骗了她，白雪公主还好好地活着。熊熊的妒火在王后的心中燃烧，她决不能容忍任何比自己漂亮的女人活在世上，于是，她绞尽脑汁想出了一个恶毒的主意。

王后把自己装扮成一位卖杂货的老太婆，谁都认不出她来。她翻过七座大山，来到了七个小矮人的家，敲着门叫道："卖货喽！快来看看，多好的货啊！"

白雪公主透过窗户往外看，好奇地问道："您好，老人家！您卖的是什么货啊？"

"都是好东西，"她回答道，"各种颜色的腰带。"

老太婆一边说一边从筐子里拿出一条彩带，看到如此漂亮的彩带，白雪公主忍不住动了心，天真的小姑娘想，这位和蔼的老婆婆一定不是坏人，于是就打开门，买了一条漂亮的彩带。

"孩子，"老太婆笑眯眯地说道，"你看你多漂亮啊！来，婆婆给你系在腰上。"

白雪公主没有任何防备心，就走到了老太婆面前，任由她把彩带系在腰上。可是，老太婆把带子越系越紧，白雪公主被勒得透不过气来，倒在地上，像死了一样。

"这下你就再也不能比我漂亮了，"王后得意地扬长而去。

时间过得飞快，不一会儿天就黑了，七个小矮人回到家；然而，眼前的景象让他们大吃一惊，可爱的白雪公主躺在地上一动不动，就像死了一样。小矮人们急忙将她抬起来，发现了这根勒得太紧的带子，就赶紧把它剪断；过了一会儿，白雪公主就慢慢恢复了呼吸，醒了过来。

白雪公主向小矮人们讲述事情的经过，聪明的小矮人们一下子就明白过来："这个老太婆一定就是恶毒的王后，下次我们不在的时候，你一定要锁紧门窗，不要让任何人进来！"

恶毒的王后一回到王宫里，就迫不及待地走到魔镜的面前，问道：

"魔镜魔镜告诉我，谁是这个世界上最美的女人？"

魔镜仍旧回答道：

"尊敬的王后，您是这儿最美的女人，但山那边七个小矮人屋子里的白雪公主，比您还要美上一千倍。"

知道白雪公主仍然活着，王后忍不住地火冒三丈，她根本不能容忍白雪公主活在这个世界上。"不行，"她咬牙切齿地说道，"这回一定要让她一命归西！"

王后施展巫术，做了一把有毒的梳子，又把自己伪装成另一个老太婆，再次翻过七座高山，来到七个小矮人的家。她一边敲门一边叫道："快来看看，好东西不买就错过喽！"

白雪公主从窗户探出头来，对老太婆说道："快去别的地方卖东西吧，我不能让任何人进来！"

"你试一试这把漂亮的梳子再决定，"老太婆一边说一边把有毒的梳子高高地举起来。白雪公主被这把精致的梳子迷住了，迷迷糊糊地就打开了门，并买下了这把梳子。老太婆说道："现在让我来梳一梳你这一头漂亮的长发吧。"

天真的白雪公主什么都没有想，就让这个老太婆拿着梳子为自己梳头。可是，有毒的梳子刚插到头发里，梳子上的毒性就发作了，白雪公主立刻就倒在地上昏迷不醒。

"就这样还配做全世界最美的女人，"恶毒的王后冷笑道，"这下就让你永远消失！"说完这些，王后就扬长而去。

幸运的是，这天小矮人们很早就回到了家。看到白雪公主躺在地上一动不动，就像死了一样，小矮人们马上想到，一定是白雪公主的继母又来过了，于是，他们翻来覆去地在白雪公主身上寻找，终于找到了那把有毒的梳子。小矮人们立刻将梳子拔了出来，不一会儿，白雪公主就醒了过来，把事情经过一五一十地告诉了他们。小矮人们听完后再次叮嘱白雪公主一定要学会保护自己，千万不要给任何人开门。

恶毒的王后回到王宫后，迫不及待地问魔镜道：

"魔镜魔镜告诉我，谁是这个世界上最美的女人？"

不料魔镜却仍旧回答道：

"尊敬的王后，您是这儿最美的女人，但山那边七个小矮人屋子里的白雪公主，比您还要美上一千倍。"

听到魔镜这样的回答，王后气得浑身哆嗦。

"白雪公主必须得死，"王后狂怒地叫道，"即使以我的生命为代价也在所不惜！"

王后走进一间秘密的小屋子，做出一个剧毒的苹果。这个苹果看起来和普通的苹果并没有什么两样，可是一旦咬上一小口，就会立刻死去。做好苹果后，王后又乔装打扮成一个农妇的样子，翻过七座大山，来到七个小矮人的家。她敲了敲门，白雪公主从窗户里伸出头来对她说道："我不能让任何人进来，七个小矮人已经告诫过我了！"

"没关系，"农妇回答道，"反正我的苹果也快卖完了，我就送你一个苹果吧。"

"不，"白雪公主拒绝道，"我不能接受任何人的礼物！"

"你是害怕苹果有毒吗？"农妇问道，"你看好了，我把苹果切成两半；红的一半给你，白的一半我吃。"

原来呀，这个苹果红的一半有毒，白得一半却无毒。看着白里透红的苹果，白雪公主很想尝一尝，眼看到农妇把一半苹果吞下了肚却安然无恙，她再也忍不住了，就伸手拿过剩下的那半个有毒的苹果，咬了一口。

苹果刚一进口，白雪公主就倒在了地上。王后见状狰狞地笑道："白得像雪，红得像血，黑得像乌木！这回看那些小矮人还怎么救你。"

回到王宫，王后再次问魔镜道：

"魔镜魔镜告诉我，谁是这个世界上最美的女人？"

魔镜终于回答道：

"尊敬的王后，您是这个世界上最美的女人。"

听到这句话，王后心中的妒火才渐渐熄灭，终于能好好地睡觉吃饭了。

小矮人们傍晚回到家的时候，又看到躺在地上的白雪公主，没有了呼吸。他们把她抱起来，翻来覆去地寻找她身上的毒物，又解腰带，又梳头，用酒和水擦脸，可是，白雪公主再也没有醒过来；看来这可怜的姑娘是真的死了。

他们极为伤心地将她放进棺木里，七个小矮人坐在旁边守着。他们悲痛欲绝，整整守了三天三夜。最后他们绝望了，准备将她入土掩埋，但看到白雪公主的脸色红润依旧，栩栩如生，他们说："我们不能把她埋在阴冷黑暗的地下。"所以，他们做了一口从外面也能看见她的玻璃棺材，把她放了进去，棺材上用金子嵌着白雪公主的名字及铭文。小矮人们将棺材安放在一座小山上面，由一个小矮人永远坐在旁边守护着她。天空中飞来不少鸟儿，首先是一只猫头鹰，接着是一只渡鸦，最后飞来的是一只鸽子，它们都来为白雪公主的死而痛哭。就这样，白雪公主一直躺在山上，过了很久很久，她的样子看起来仍然像是在那儿安睡，皮肤仍然如雪一样的白嫩，嘴唇仍然透着血一般的红润，头发仍然如乌木一样又黑又亮。有一天，一位王子在森

林里打猎，想要到小矮人们的屋子里借宿一晚，当他路过白雪公主的玻璃棺材时，看见了躺在透明棺材里的白雪公主，以及棺材上刻着的铭文。王子被美丽的白雪公主和她不幸的遭遇所打动，对小矮人们说道："把这口棺材给我吧，我愿意用任何东西来交换。"

但小矮人们却拒绝了："就算把世界上所有的金子给我们，我们也不会让你带走她的。"王子哀求道："请把白雪公主的遗体给我吧，看不到她我都没有活下去的动力了，我会尊敬和爱护她的。"

听到王子这番真挚的话语，小矮人们被他感动了，同意让他把白雪公主的棺材抬走。王子命令随行的仆人们把棺材抬起来准备回家，不料，其中的一个仆人被脚下的石头绊了一下，棺材一晃，卡在白雪公主喉咙里的毒苹果就被吐了出来。不一会儿，白雪公主睁开眼睛，顶开棺材盖儿坐了起来。她又活过来了。

"我的老天啊，这是在哪儿呢？"她茫然地自言自语道。

王子见状高兴地回答道："你在我的身边呢。"

王子接着就把刚才的一切讲给白雪公主听，并对她说道："你是我在这个世界上最爱的女人；和我一起回父亲的宫殿里去吧，做我的妻子，让我们一起幸

福地度过余生。"

白雪公主同意了，和王子一同回了家。不久以后，王子就为白雪公主举办了一场盛大的婚礼，婚礼上，还邀请了白雪公主那恶毒的继母。

恶毒的继母将自己美美地打扮了一番，站在魔镜面前问道：

"魔镜魔镜告诉我，谁是这个世界上最美的女人？"

魔镜回答道：

"尊敬的王后，您是这儿最漂亮的女人，可是那位年轻的新娘比您还要漂亮一千倍。"

听到这些话，王后勃然大怒，嫉妒的大火又开始熊熊燃烧，烧得她都不知道如何是好。本来自负的她接到请柬的时候是不想去参加王子的婚礼的，但嫉妒心与好奇心促使她决定去看看这位新娘。当她到达举行婚礼的王宫，才知道这新娘不是别人，正是她认为已经死去很久的白雪公主。看到美丽的白雪公主，王后惊讶得一句话都说不出来。仆人将一双在炭火上烧得红彤彤的铁鞋摆在了王后的面前，她不得不穿上这双烧得通红的铁鞋，一圈又一圈地跳舞，直到倒地死去。

嫉妒心是什么，它从哪里来？

孩子两三岁时就会出现嫉妒的情绪。这个年龄段正是孩子开始区分自我和周围环境的时候。当孩子开始把自己的"所得"与其他人进行比较，并觉得不满的时候，嫉妒这种情绪就会悄悄来临。无论一个人的所得是否真的比别人糟糕，都阻挡不了他嫉妒别人：嫉妒的产生完全依赖于人的主观判断。这也就是说，嫉妒是自己一个人的事情。

嫉妒有两种类型：嫉妒别人优越的物质条件，以及嫉妒别人在感情和社交方面良好的资本，比如爱情、肯定、尊重、成功等等。孩子嫉妒别人优越的物质条件，父母很容易就能够判断出来。但后一种嫉妒通常是隐性的，因为孩子表达不出来，有时候孩子甚至自己都意识不到已经陷入到这种情绪中去了，只是一味的觉得低人一等，抬不起头。

嫉妒这种情绪的优点在于，可以演变成鞭策和鼓励，有助于孩子正确定位梦想，并把梦想付诸实践。

它的缺点则是容易造成孩子"内心分裂"，长时间受嫉妒情绪的影响，容易造成孩子注意力涣散，自我评价低等心理问题。

家长能做些什么？

下面这些方法不仅能够帮助您的孩子，也能够使您的心理变得更加强大起来。首先，您要开诚布公地和孩子谈论这一话题，说出来以后就能消解一大部分。

嫉妒往往是由于当事人过于关注外部世界而造成的。"别人有的什么东西是我没有的？"而消弭嫉妒情绪的关键就是要让当事人多关注自己的内心，平常多自省自问："我有什么，我是否应该对当下抱着感激的情绪？我真的还需要其他的东西来让自己变得更幸福吗？"

只有给了最后一个问题一个肯定的回答后，关注外在世界才能有助于当事人。请您和孩子们一起看看别人是如何规划自己的幸福人生的，以及您可以

从他人的人生中得到什么样的借鉴。其中牵扯到的不仅仅是物质上的，而且还涉及到专业知识提高、价值观培养、人生规划等等。帮助您的孩子判断他们身上出现的嫉妒属于哪一种，他们的人生中什么是好的，以及应该有什么样的梦想。最后，还要教会孩子如何成功实现这些改变。

要引导孩子更多地关注自我，家长首先要以身作则，帮助孩子建立起客观准确的自我评价机制。

您的家庭成员们都是如何对待物质财富的？物质财富对您来说是否是快乐的唯一源泉，其他非物质的东西是否也能给您带来愉悦的感受？如果您对这个问题的回答是肯定的，那么您就可以把孩子的思想也往这方面引导。如果您对这个问题的回答是否定的，那您就需要和孩子一起开始寻找那些物质之外的

新财富了。在现如今这个追求物质为主流价值观的社会中，引导孩子建立更健康的价值观，会为孩子今后的人生带来无可估量的财富和力量。

如果您的孩子觉得在情感或社交方面受到他人的歧视，那么您可以重现一下当时的场景。请不要用"社会就是如此"这样类似的理由来搪塞孩子。只有开诚布公地和孩子谈一谈，了解孩子的愿望，了解孩子在哪里产生了自己的需求未被满足的这种感觉，才能够找出解决问题的方法。

这种方法同样既适用于独生子女家庭，也适用于孩子们互相争夺父母宠爱的多子女家庭。

完善孩子的个人评价机制是一件十分重要的事情。能够正确认识自己的人，就能够控制嫉妒情绪，甚至还可以将之转换成促使自己完成梦想的动力。

作为家长，您需要对每一位家庭成员的性格特点了然于心，还要知道如何在家庭这个集体中根据每个人的性格特点进行调节平衡。经营好了小家庭，就可以把类似的经验带入到社会这个大家庭中了。

只有清楚地了解自己擅长什么和拙于什么，重建生活的热情和动力，才能够获得满足。而这种满足则是人生的无价之宝，是任何东西都不能加以衡量的。

帮帮我吧，我的孩子正在被他人的嫉妒所威胁

为了克服自卑感，善妒之人有时候会做一些伤害他人的事情。但善恶终有报，现实往往会让对方得到应有的惩罚。他们的恶性会传播开来，被大家所唾弃。如果您的孩子感到自己受到了他人的妒忌，并且觉得非常痛苦，家长就要更加耐心地倾听孩子的倾诉，帮助孩子解决他们的疑虑，感同身受地体会孩子的心情，共同找到解决问题的方法和应对他人嫉妒情绪的策略。

更多的内容请您参考116页"困扰"这一章。

故事复述：白雪公主

这个故事为我们讲述了嫉妒这种情绪。王后想成为这个世界上最美的女人，她不能忍受还是一个小女孩儿的白雪公主比自己漂亮。

这个消息是王后的魔镜告诉她的，魔镜的功能就是每天告诉王后她是否还是这个世界上最美丽的女人。魔镜从不说假话，这就意味着，魔镜不仅能够照出王后的外表，还能够反映出王后的内心。

有一天，魔镜告诉王后，尽管她也是个美人儿，但白雪公主比她漂亮得多。魔镜的话让王后觉得自己的美顿时逊色不少，嫉妒的怒火烧得她不得安宁，完全吞噬了她的人性。这种情绪是如此的强烈，让王后对白雪公主恨之入骨。为了重新赢得世界上最美女人的头衔，王后安排了一位猎人，命令他杀死白雪公主。但是，王后的这个阴谋失败了，猎人同情可怜的白雪公主，就放她走了。

影响故事进程发展、帮助主角的是情感因素：白雪公主用眼泪感化了猎人，换来了生存下去的可能。

隐喻

镜子能够反映出一个人真实的影像，因此就代表着清晰明了、无可更改的事实。镜子为我们提供了一个自我审视的可能："今天我看起来怎么样？怎样才能看到自己的内心？"往往镜子反映出来的外在表象，就是我们内心世界的外在表现。

隐喻

透明的玻璃棺材是一个非常特殊的物件。一般来说，棺材是和死亡（新的开始）紧密相连的。但玻璃棺材却意味着，这里的生命并没有结束，还有一丝生命的迹象。如果用完全不透明的材质做成棺材，王子就不会看到白雪公主。因此，白雪公主"需要"躺在透明的玻璃棺材，才能保证被王子发现。

随后，白雪公主穿过黑沉沉的森林，翻过一座又一座大山，来到了七个小矮人的家。尽管一路上碰见许多野兽，但白雪公主并没有受到它们的伤害。王后发现被骗后，决定自己亲自出马杀死白雪公主。虽然白雪公主前两次都在小矮人们的帮助下逃过一劫，但却没能逃过王后的第三次迫害，小矮人们以为白雪公主死了，就把她放在一口透明的玻璃棺材里。

有一天，一位王子发现了美丽的白雪公主，一下子就爱上了这位姑娘，想要把白雪公主连同透明的玻璃棺材一起带回到自己的国家去。仆人们抬棺材的时候被脚下的石头绊了一下，卡在白雪公主

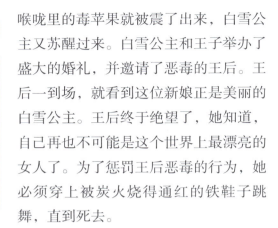

喉咙里的毒苹果就被震了出来，白雪公主又苏醒过来。白雪公主和王子举办了盛大的婚礼，并邀请了恶毒的王后。王后一到场，就看到这位新娘正是美丽的白雪公主。王后终于绝望了，她知道，自己再也不可能是这个世界上最漂亮的女人了。为了惩罚王后恶毒的行为，她必须穿上被炭火烧得通红的铁鞋子跳舞，直到死去。

嫉妒的力量是强大的，甚至是摧毁性的，正是这种情绪促使故事中的王后越来越恶毒。她已经被嫉妒蒙住了双眼，看不到自己已经拥有的幸福生活，只一味关注那些自己认为自己没有的东西。一味追求像美貌这种虚无缥缈的东西是没有意义的。家长要向孩子强调，美貌和其他的品质、能力无异。

在对抗王后，保护自己的过程中，白雪公主得到了许多人的帮助：猎人、七个小矮人、王子。现实生活中，如果被他人的嫉妒情绪所困扰，当事人也要学会求助他人。

给孩子们的问题：

● 为什么王后不能忍受有人比自己更漂亮？

● 你是如何理解美貌的？

● 为什么猎人和小矮人们要帮助白雪公主？

● 魔镜怎么知道谁是世界上最美的女人？

练习和游戏

克服嫉妒情绪最大的挑战就是关注自己的生活。攀比滋生嫉妒，所以，引导孩子认识到自己的长处和潜力，是家长们必须要做的工作。与他人进行比较，应当更多地服务于帮助孩子认清自己的长处，发现新目标，获得新想法，以及如何实现这些目标和想法。这样做就能消弭孩子的嫉妒情绪，让孩子学会赞赏和尊敬他人，并发展和完善自我。

圆圈写字

准备几张纸和几支笔。在每一张纸上画一个大圆，大圆里画上四到五个小圆。

拿出其中一张纸，让孩子在纸上的小圆圈里写上羡慕别人的原因。

再拿出一张纸，让孩子在纸上的小圆圈里写上自己已经拥有、能为自己带来快乐的东西。最后，和孩子一起看一看纸上写的内容，就能发现孩子的长处和优点。如果孩子感兴趣的话，还可以让他用彩笔在纸上画一点儿图案进行装饰。您可以将其中的几点圈出来，或者在另外一张纸上写

下要完成的新目标。接下来，您和孩子一起看一看，哪些目标是可以实现的。所有和孩子的长处相关的目标，都要写在纸上，这样就能够清晰地向孩子呈现出他们已有的财富、优点和能力了。

表单

请每个朋友或家庭成员在纸上各写下一件您的孩子令他们感到惊喜、赞许或喜欢的事情。这张单子有助于帮助孩子完善自我认识。人们通常都意识不到自己的优点、能力，或潜力，他人的反馈就像是一面镜子。对有些人来说，这张单子甚至能够充当一辈子的挚友，和自己如影相随、时刻相伴。

困　扰

　　来自外界言语或行为上的中伤经常会使成年人感到的困扰。而孩子的世界里，困扰则来源于其他小朋友的嘲笑、愚弄、谩骂，或孤立。其他的小朋友之所以会这样做，大多数是源于嫉妒、不幸、自卑，或纯粹的恶意。

画眉嘴国王

从前，有一位国王，他的膝下有一个女儿。这位公主虽然美丽绝伦，但性格却傲慢无礼，目中无人，来向她求婚的男子没有一个入得了她的法眼，她不但一一拒绝了他们的美意，而且还用刻薄的言语对人家冷嘲热讽。为了解决女儿的终身大事，国王举行了一场盛大的选婿宴会，邀请本国和周边所有邻国的适婚贵族男青年们都来参加。参会的青年们按照地位从高到底的顺序入场：先进来的

是几位国王，然后入席的是王子、公爵、伯爵和男爵，最后进来的是普通贵族。公主一个一个地打量着这些应邀而来的青年才俊们，可对每一位都横挑鼻子竖挑眼。这个太胖啦，公主嫌弃道："活像一只啤酒桶。"那个又太高瘦啦，公主嗤笑道："瘦子走路摇摇晃晃！"第三个又太矮胖啦："又矮又胖没个人样！"第四个皮肤又太白皙啦："脸煞白，死得早！"第五个皮肤又太红润啦："一只雄火鸡！"第六个身板儿不够挺拔："像一块儿炉子里烤干的弯木头！"公主看谁都不顺眼。有一位国王，下巴长得有点儿翘，更是免不了遭到公主的大肆挖苦和嘲笑。"哎呀，笑死我了，"公主一边放声大笑一边高声叫道，"瞧瞧这家伙的下巴，长得跟画眉嘴简直一模一样！"打那以后，这位国王就落了个外号"画眉嘴"。亲眼看着自己的女儿对待这些前来求亲的贵族青年们不是冷嘲热讽，就是嗤之以鼻，老国王终于忍不住大发雷霆，发誓要把公主嫁给第一个上门来讨饭的叫花子。

几天以后，一个走街串巷卖唱的人在王宫的窗下唱起歌来，想讨一点儿施舍。国王听见了歌声，便吩咐侍从："让这个人进来！"卖唱的衣衫褴褛，肮脏龌龊，来到国王和公主面前唱了起来，唱完便恳求给他一点儿赏赐。国王对乞丐说："你的歌让我很开心，这样吧，我就把我的女儿许配给你吧。"听到父亲这

样说，国王的女儿吓坏了，但国王却对女儿如此说道："我已经向上帝发过誓，要把你嫁给第一个到这儿来讨饭的叫花子；我得言而有信。"公主哭闹着不愿意嫁给一个叫花子，但这种行为完全是徒劳的。老国王当下就请来了牧师，为公主和这个走街串巷卖唱的乞丐举行了婚礼。婚礼结束后，老国王说道："现在你已是乞丐的老婆了，不宜再留宫中。快和你的丈夫上路吧。"

乞丐牵着公主的手就往外走，公主不得不跟着他离开了王宫。走着走着，他们俩来到一片森林前面，公主问："这片漂亮的森林是谁的？"

"画眉嘴国王拥有它；当初若能嫁给他，森林就是你的啦。"

"都怪我当初没眼光，没给画眉嘴国王当新娘！"

随后，他们又穿过一片绿草地，公主又问道："这片美丽的草地是谁的？"

"画眉嘴国王拥有它；当初若能嫁给他，草地就是你的啦。"

"都怪我当初没眼光，没给画眉嘴国王当新娘！"

紧接着，他们又穿过一座大城市，公主又问道："这座大城市是谁的？"

"画眉嘴国王拥有它；当初若能嫁给他，城市就是你的啦。"

"都怪我当初没眼光，没给画眉嘴国王当新娘！"

"你老觉得别人好，"乞丐说道，"老想着嫁给别的男人；难道我配不上你吗？"

最后，他们俩来到一间很小的房子前，公主问道："天哪，这么小的房子我还没见过！这又小又破的地方是谁的窝？"

乞丐回答说："这是我的房子，也是你的家，以后我们就在这里生活。"

房门又矮又小，公主进去时，不得不弯下腰来，不然就会碰了头。

"佣人在哪儿呢？"公主问道。

"哪有什么佣人啊！"乞丐笑道。"干什么事情都得自己动手，快去生火烧水，给我做口热饭吃；我已经累得不行了。"

可是，公主哪里知道怎么生火做饭啊，乞丐只能自己动手，不然就得挨饿。胡乱吃完一顿粗茶淡饭后，精疲力竭的公主倒头就睡；可是，第二天一大早，乞丐就叫醒了她，逼着她做家务。就这样过了几天，他们吃完了所有的存粮，乞丐对公主说道："老婆，咱们光吃不干是活不下去的，这样吧，你来编筐子贴补一下家用。"

说完，乞丐就带着公主去外面砍了一些柳条，扛回家来。公主开始学着编筐子，可是粗硬的柳枝把公主娇嫩的双手划得伤痕累累。

"还是算了吧，"她的乞丐丈夫说道。"别编筐子了，还是去纺线吧，也许你会在行些。"

于是，公主就坐在纺车旁边，尝试着纺线，可是粗糙的纱线又将她的手指勒得鲜血直流。

"你看看你，"她的乞丐丈夫埋怨道，"这算怎么回事，娶了个什么都不会干的老婆回家，我简直倒霉透了。干脆我去搞一些锅碗瓢盆什么的，你去把它们拿到集市上，卖几个钱回来。"

天哪，公主想，万一我去集市上卖杂货，碰见了父亲的熟人，遭到他们的嘲笑可怎么办！

可是，不这样做又能怎么样呢，要不然就得活活饿死。一开始，她的生意还不错；顾客见她长得漂亮，就都来买她的东西，连价都不还；甚至还有付了钱，又把从她那里买的锅当做礼物送还给她的人。

就这样，夫妻俩靠着做这一点儿小生意勉强度日，卖完了手里的货，丈夫又进了一批新货。她坐在市场的一个角落里，把这些锅碗瓢盆摆在周围，每天叫卖。

谁知有一天，一个喝得醉醺醺的骑兵骑着马从集市上飞驰而过，刚好冲进了她的货摊，把所有的锅碗瓢盆踩得粉碎。公主绝望地大哭起来。

"我的天呀，这可怎么办啊！"她呜咽着说，"我丈夫会怎么数落我啊？"

她边哭边跑回了家，向丈夫讲述了集市上的遭遇。

"简直笨死了你，谁会把这么易碎的陶器摆在集市的角落里！"丈夫气愤地数落道。

"别哭哭啼啼的了，我看了，你是什么正经活儿都干不来。我跑到这里国王的王宫里打听了一下，看人家那里缺不缺帮厨女佣，结果人家答应先试用一段时间；在那儿你还可以白吃饭。"

这样一来，公主就变成了帮厨女佣，给大师傅打下手，干各种最脏的活计。她还在衣服里缝了一个口袋，在口袋里放了一只带盖的罐子，每天把残羹剩饭盛在里面，带回家糊口。为了庆祝国王的长子年满十八岁，国王举行了盛大的舞会，在那个不同寻常的夜晚，可怜的年轻女佣躲在大厅的门后，偷偷地观望着。她目睹着蜡烛一根根点燃，宾客们一个个步入大厅，他们全都衣着华丽，光彩照人。眼前这富丽堂皇的景象令公主想起自己悲惨的命运，她站在那里泪如雨下、泣不成声。都是自己一向傲慢无礼、目中无人，才落到今天这般凄惨的境地，公主悔恨不已。美味佳肴络绎不绝，香味扑鼻，她馋的口水直流，仆人们不时地扔给她一些残羹剩饭，她便装进罐子里，准备带回家去。

国王的长子推门而入，只见他身着天鹅绒和绸缎制成的衣服，脖子上还挂着一条金光闪闪的项链。他正要朝大厅走去，却发现这个可怜的女子站在门口，正偷偷地观望着舞会，王子一把抓住了她的手，邀请她一同跳支舞，她却不肯，因为她已经认出来，这位王子正是曾经向她求过婚，却被她嘲弄侮辱过的那个画眉嘴国王。可是，不管她怎么挣扎，国王还是硬将她拉进了舞厅。不料，她用来系口袋的绳子突然断了，罐子一下子从口袋里滚了出来，汤汤水水流了一地，残羹剩饭洒得到处都是。舞会上的人们见此情景哄堂大笑，公主一下子成为了众人的笑柄，羞愧地恨不得找个地缝钻进去。她挣脱国王的手，朝门口冲了出去，可是刚跑到台阶上就又被一个男子拦住，给拉了回来。她定睛一看，这个男子不是别人，还是画眉嘴国王，他用亲切和蔼的语气对她说：

"别怕，我就是那个跟你生活在破烂小屋里的乞丐。我很爱你，才乔装打扮成叫花子；那个喝得醉醺醺、冲进货摊里把陶器踩碎的骑兵，也是我乔装改扮的。我做这些，都是为了让你意识到自己的傲慢无礼，惩罚你对新郎的嘲弄。"

公主听罢，痛哭流涕地对国王说："我真是太不应该了，我这样的人不配做您的妻子。"

画眉嘴国王却安慰她说："过去的事情都已经过去了，我们现在举行婚礼也不迟啊。"话音刚落，宫女们就走进来，给公主打扮得花枝招展，公主的父亲也来了，为女儿和画眉嘴国王喜结良缘送上了祝福。真正的幸福生活就此开启了。

这么喜庆祥和的一幕，我们大家要是都在场那该有多好啊。

被众人孤立

    几个孩子聚在一起，共同对一个孩子实施攻击性的行为，并对受害者的感受不予重视。受害者往往有无助和被孤立的感觉，有些人会一味忍耐，而另一些人则会采取暴力反抗。有时候，孩子们之间是互相闹着玩儿，还是在刁难对方，这两者之间的界限，家长很难判断。

    自卑的孩子往往容易成为其他孩子欺负的对象。强势的孩子通常不被别人欺负，这是因为他们一旦觉察受到欺负，就能够勇敢应对，或者求助于成年人，从他们那里得到帮助。

如何辨别孩子是否受到了欺负？

    一旦孩子出现缩头缩脑或攻击性强这两种行为，就意味着他们的内心隐藏着难以化解的忧虑。这时候，您就要注意观察孩子：孩子的朋友多不多？所交的朋友是否都是孩子主动结交的？孩子是否毫无理由地抗拒上幼儿园或去学校上学？孩子是否经常衣衫不整，浑身脏兮兮的，私人用品或衣物是否经常无端"不见了"？

　　抱着谨慎的态度与孩子进行交谈。和其他孩子的家长、教育家或老师们及时进行交流，在这个过程中，不要忘了也让孩子参与到谈话中来。但如果孩子不想说什么，请您尊重孩子的选择：叙述自己受欺负的遭遇会让孩子感觉到很羞愧。这会给孩子造成很大的心理压力，带来第二次伤害。

运用下列方法可以帮助孩子：

- 如果孩子足够信任您，愿意将自己的遭遇讲述给您听，那么您一定要耐心地倾听孩子的叙述，严肃对待孩子所讲述的内容。成人很容易找到应对的办法，但对于孩子来说，也许是一个天大的困难。

- 告诉孩子，如果受到别人的欺负，一定要予以回击，让对方看到你的愤怒。向孩子强调，任何人都没有权利刁难、折磨、侮辱他人。

- 请您与孩子一起，和其他的父母们、教育家们或老师们进行交谈，提高孩子在遇到危险情况时的敏感度，让孩子学会保护自己。

- 和孩子一起探讨如何完善自我价值观念。要使孩子建立起一套正确的自我评价机制，需要教会孩子进行自我暗示："我很好，我就这样""我很强大，任何人都打不倒我"等等。另外一个方法是给孩子报名参加一些课程，诸如自卫课、柔道课等，这些课程有助于增强孩子的自信心。

- 训练孩子用正确的心态应对压力，比如自我放松法、运动减压法，或培养兴趣爱好。请您用心观察孩子，看看哪种方法能够帮助您的孩子摆脱压力，找到内心的安宁和力量。

- 教会孩子这个艰难却有效的方法：勇敢直面欺负你的人，大部分情况下很有效。即便孩子意识不到，但往往一个直接的问题，诸如"为什么你对我这么不满？"所起到的作用却很大。

- 让孩子把自己的困扰写在日记本上，以便您随时了解孩子的遭遇和动向。对于孩子来说，书面的文字也给了孩子一个梳理自己思维、真实地表达内心深处想法的可能性。

- 告诉孩子，如果一旦遇到紧急情况，就立刻向周围的成年人寻求帮助！

- 最后要向孩子强调的一点是：避免幼儿园和小学校园里发生暴力事件。要达到这一目标，老师们不仅要做到谆谆善诱地教育孩子们，还要让孩子们做一些练习和游戏，请参看本章128页。这样一来，就能规范孩子们的行为方式，避免陷入欺负人或被人欺负的境地。

现如今，互联网的飞速发展又给某些人带来了新的烦恼，那就是网络暴力。图片、录音，或谩骂在网络上肆意传播，数量之大，前所未有。请您注意观察孩子在网络上的行为。让孩子学会保护自己的私人信息，不要把个人信息暴露在网络世界里。如果孩子出现了异常的行为，请您注意查看孩子是否因为泄露了自己的个人信息而受到了网络暴力的困扰。

您能做些什么

受到欺负的人最需要的就是一处能够提供给他安全感的藏身之所，以便用足够的时间来治愈自己内心的创伤。既不屈服又不生气的受害者，会让施暴者觉得索然无味。

帮帮我，我的孩子热衷于欺负别人！

即使对孩子的这一行为非常愤怒或羞愧，您也要保持冷静。理智地分析一下具体的情况：之所以孩子会欺负别人，是为了在群体中赢得"绝对统治权"，还是背后隐藏着其他的原因？告诉孩子，欺负别人会给受害者带来多大的伤害：摧毁对方的自信心，使对方变得软弱，给对方带来羞耻感、恐惧感和挫败感。这样一来，孩子就能认识到自己的错误，及时进行自我检讨，悔过自新。

如果被您教育了以后，孩子还是不加悔改，继续欺负别人，您就要看看这种行为的原因是什么，如果有必要，还需要求助专业人士的帮助。往往这种行为背后的原因是自卑。通过这些补救措施能够对孩子的自我评价机制进行重新修订。可以帮助强势的孩子和其他的孩子和平相处。

故事复述：画眉嘴国王

从前，一位老国王为了给自己的公主挑选一个满意的夫婿，为她举行了一个盛大的选婚宴会。不料，高傲的公主却对每一位求婚者都冷嘲热讽，其中，有一位国王因为稍微上翘的下巴而被公主无情地嘲笑，还给了他一个"画眉嘴"的诨号。

这种言论无疑是在欺负别人：对方长相上的特点，被公主当做不足和缺陷加以嘲讽，这样做的目的往往是为了让自己显得更高贵。而这样的行为却令老

国王非常生气，他不想再一味纵容自己的女儿做出这种有损国家颜面的事情。

于是，老国王颁下旨意，要把公主嫁给第一个上门乞讨的叫花子。旨意一下，公主也束手无策了，只好嫁给了第一个上门来卖唱乞讨的乞丐，做了他的妻子。

这对娇生惯养的公主来说简直是一个巨大的惩罚。嫁给一个乞丐！要知道，这之前的公主对各国的国王和王子尚且都不满意呢。这样个性的公主，怎么能与一个乞丐丈夫相处呢？

正所谓，人到屋檐下，不得不低头，这时候的公主再高傲，也不得不屈服于现实。她跟随着贫穷的丈夫，一起住在简陋的屋子里。公主肠子都悔青了，和身边的丈夫比起来，画眉嘴国王拥有的可是整个富庶而美丽的王国啊。一路上，她亲眼看见自己错过的一切。

公主和乞丐丈夫成家后，所有的工作都要由公主自己亲自完成。她必须学习如何生存，一方面学会照顾自己，另一方面学会照顾他人。公主从小就过着衣来伸手、饭来张口的生活，因此根本不知道家务活儿该怎么做，干什么都要求助于她的乞丐丈夫，而每次求助，

隐喻

童话故事里往往会用一些大的意象，比如本则故事中提到的大草地或大城市，这种大意象是为了强调，公主还有许多要学习提高的地方。她还没有足够强大到能够处理大事情的地步，而是首先要学会在小环境里生存。一段在小木屋里的生活体验，是为了让公主变得更加成熟，以便更好地安排以后回到大宫殿里的日子。

都要受到对方的嘲笑。为了赚点儿钱贴补家用，公主不得不到市场上去售卖陶制的锅碗瓢盆，可是摆在地上的货物却被一个喝得醉醺醺的骑兵骑着马踩得粉碎。公主只得换一个工作，到宫殿里去做了一名帮厨女佣。

为了填饱肚子，她不得不时常从厨房里找一些残羹冷炙，藏在衣服口袋的罐子里带回家。有一天，国王在宫殿里为自己的儿子举办盛大的成人宴会。年轻的公主忍不住躲在门后，悄悄观看舞会的盛况。眼前的情形让她不仅想起自己的遭遇，从前的自己也生活在这样富丽堂皇的宫殿里，国王父亲也曾经为自己举办过这么盛大的宴会。

眼前的情景深深地触动了公主，彻底摧毁了她的骄傲。就在这时，王子推门而入，不由分说就将她拉进了舞池，她惊讶地发现，眼前的这位所谓的王子就是被自己戏弄过的画眉嘴国王。惊恐的公主不停地挣扎，想要

逃走，却不慎把在厨房里找到的食物洒了一地。她狼狈的样子令在场的所有人哄堂大笑，大家都忍不住对她指指点点。

故事发展到这里，公主遭受的屈辱已经到了极点，我们读者甚至都有点儿开始同情她了。她已经为自己的行为付出了应有的代价，受到了应有的"惩罚"，亲身体验到被别人嘲笑的滋味。

公主羞愧万分地向宫殿大门跑去，想要逃离这个是非之地。画眉嘴国王见此情景，不由分说地追上公主，表达了他对公主的爱意，并对公主说，乞丐和骑兵都是自己乔装改扮的，他这么做的目的就是为了让公主体验一下被别人嘲讽的感觉。最后，这位外表稍有缺陷的国王和已经学会不再以貌取人的公主举行了盛大的婚礼。而这段经历则成为他们内心最宝贵的财富。

给孩子们的问题：

- 为什么公主觉得前来求婚的人都配不上自己？
- 老国王把自己的女儿许配给一个乞丐，对公主来说真的公平吗？
- 画眉嘴国王的感受如何？
- 公主在破烂的小屋子里生活的时候都在想什么？
- 公主对画眉嘴国王这么坏，为什么画眉嘴国王还想娶她做妻子？

练习和游戏

请您参看142页"与众不同和困难重重"这一章中的练习和游戏。

这些练习和游戏最适合多人分组进行，尤其适合您和孩子一起玩儿。

听话绘图

让孩子搜集一些报纸、杂志，您也准备一些白纸和绘画工具。让孩子根据您的提问，在白纸上画出自己的答案。

您可以向孩子提一些和本故事主题相关的问题，比如："什么是欺负别人？""什么行为算欺负别人？"或"什么是团结有爱？"

这个游戏或许听起来很难，但是却能

让孩子们按照自己的理解，经过再加工，用图画的方式表达出来。有时候孩子画的是一些有具体情景的场景；有时候孩子还会选择用抽象的色彩来表达看法，传递情感。让孩子自主地完成绘画，这样您就能直观地了解孩子的所思所想和内心活动了。

细节捕捉

让孩子把一段时间内（比如两三天内）所看到或听到的欺负人的行为和恶毒的言语都"捕捉起来"。这些行为可以是自己的，可以是别人对孩子实施的，也可以是自己观察到的。

和孩子一起讨论这些事件，让孩子考虑一下，同样一件事情是否有另外一种解决办法。和孩子一起把你们讨论出来的新办法画在空白的纸上，并把它贴到墙上。本书130页"尊敬与勇气"一章中会为您提供更多样的相关练习。

非暴力交流

非暴力交流有着明确的规则，其前提是交流双方要遵循互相尊敬、相互包容的原则。更有专门为孩子们设计的交流模式。

这些交流模式的确能够使每一位

学习者收益，您可以通过阅读或听课的方式对它们进行进一步的了解。

交流的普遍原则：

● 认真倾听和专注有关系：当孩子向您描述事情时，您要把注意力集中在孩子所讲的"内容"上，并停下手里所有的活儿，注视着孩子认真听。总是让其他事物停留在眼前，会让孩子觉得您并没有认真听他的讲话。

● 不要在听孩子讲故事的时候，就着急地想着如何回答，这时候您要做的就是认真倾听这一件事情而已。即使有一些想法，也应当推后一点。

● 请您用不时地点头、重复孩子的话，或针对性的提问来向孩子表明，您已经理解了他说话的内容。

● 好的交流并不是家长必须要与孩子保持一样的观点和看法，而是要让孩子觉得自己的话受到了您的重视和严肃对待即可。因此，您首先要抱着开诚布公的态度和孩子进行交流，让孩子觉得可以和您无话不谈。

● 如果因为某种原因，您要中断与孩子正在进行的谈话，那么一定要友好明了地告诉孩子。只有这样，孩子才有可能理解您的决定，认为谈话的中断不是因为您对他的话不感兴趣所致，而只是碰巧"有事情"或没时间而已。中断谈话后，您最好还能和孩子再约一个"时间"继续就当下的话题进行讨论，以免谈话虎头蛇尾。

尊敬和勇气

尊敬他人，维护他人的尊严，并且尊重大自然里的每一个生物。只有意识到每一个生活在这个地球上的个体都有自己独特的能力，都有权利保有一片安宁的生存环境，我们才能学会与其他物种和平相处。

蜜蜂王后

　　有一次两位王子出外冒险，过起了荒唐、没有规矩的生活来，根本不想再回家了，后来也找不到回家的路了。他们的弟弟，那个名叫"小傻瓜"的王子离开家，去寻找自己的两个哥哥，哪知找到后他们却嘲笑他说：他头脑这么简单，怎么可能找到回家的路！像他俩这么聪明，都没有成功，这个傻瓜肯定不行！

　　于是三兄弟一路往前走，来到一个蚁穴边。两位哥哥想掘开蚁穴，看一看小小的蚂蚁怎么惊慌失措的扛着它们的蚂蚁蛋四处乱爬；小傻瓜却说："让这些小虫儿安安宁宁的吧，我不高兴你们捣它们的乱！"

　　随后三兄弟又走到一片池塘前，池中游着许多鸭子。两位哥哥想抓几只烤着吃，小傻瓜却不同意，说："让这些动物安安宁宁的吧，我不高兴你们杀死它们！"

　　三兄弟终于走到一只蜂巢旁，巢中满是蜂蜜，正顺着树干往下淌。两位哥哥打算在树下生火熏死蜂儿，好取走蜜。小傻瓜又拦住他们，说："让蜂儿们安安宁宁的吧，我不高兴你们把它们烧死！"

　　最后，他们来到了一座王宫中，宫殿前面的马厩里站着些石马，却不见一个人影儿。他们穿过一间间的屋子，直到最后被一扇门挡住了去路，门

上锁着三把锁，中间有一个小孔，透过它可以看到屋子里。他们凑到跟前一看，只见屋子里的一张桌子边坐着一个头发灰白的老头儿。他们大声叫他，一次没听见，两次还没听见，第三次老头儿终于听见了，他站起身来，打开门锁，走了出来。只见他一言不发，却把他们领到一桌丰盛的酒席前；三兄弟吃饱喝足以后，老头儿又领着他们去卧室休息，为他们每个人都安排了一间屋子。

第二天早上，头发灰白的老头儿来到大王子那里，示意他跟着走，把他带向一块石碑前，碑上写着解救这座宫殿必须做的三件事。

第一件：森林里的苔藓底下埋着公主的珍珠，数量有一千颗，必须全部挖出来，日落前只要还少一颗，挖珍珠的人就会变成石头。

大王子进森林去挖了一整天，可一直挖到日落西山，才挖出一百颗；他果然像石碑上说的变成石头了。

第二天，二哥也踏上了这条冒险之旅。可他的结果不比老大好多少，他挖出不到两百颗，也变成了石头。

最后轮到小傻瓜，他在苔藓里找啊找，可就是找不到一颗珍珠。最后，一无所获的他失望地坐在一块儿石头上哭了起来。正哭着，被他救过性命的蚂蚁们在蚁王的带领下纷纷赶来，有五千只蚂蚁呢。不一会儿，这些小家伙们就找到所有的珍珠，把它们堆成了一堆。

第二件：要从湖底把公主卧室的钥匙捞上来。小傻瓜一走到湖边，被他救过性命的鸭子便游了过来，潜到深深的湖底，把钥匙捞了上来。

第三件事最困难：要从三位睡着了的公主

中认出最小最可爱的一位。她们姐妹三个真是像极了，完全没有一点差别，只是在睡觉以前吃的甜食不一样，老大吃了一块糖，老二喝了一点糖浆，老三吃了满满一勺蜂蜜。这时候，受小王子保护才没被火烧死的蜜蜂王后突然飞来，把三位公主的嘴唇检查了一番，最后停在吃过蜂蜜的小公主的嘴上，小王子一下就认准了。

　　这样一来，魔法破除了，人和动物全从酣睡中被救活，石头人都恢复了真人模样。小傻瓜王子和最小最可爱的公主结了婚，公主的父亲死后他继承了王位。他的两个哥哥呢，也娶了另外两姊妹。

父母要做好榜样

家长普遍认为，未成年的小孩子还不能算作一个"完全的"、应当被成年人认真对待的个体。这种观点是错误的，孩子们也应得到应有的尊重。作为家长，您更应尊重孩子，用相互尊重的方式与其相处：除此之外，尊重也同样是人类与其他动植物相处的基本原则。

要真正地成为孩子心目中的榜样，您需要通过思考以下问题，进行一次深刻的自我检视：

● 如果别人失约，我会说些什么？

● 我和别人相处的方式如何？

● 我在孩子的面前是如何谈论别人的？

孩子或多或少都会受到家长言行的影响，从而有意识或下意识地进行模仿。或许成长的过程中孩子会有所改变，但儿童时期一定会不可避免地受到父母言行的影响，从而在内心深处形成自己的一套与父母类似的处事原则。作为家长，我们要做到的就是让孩子正确认识尊重、敬佩和宽容，从而学会用正确的方法和大自然里的各个物种以及周围的环境和谐相处。

话虽如此，但是每个人都有愤怒生气、忍不住破口大骂的时候。有时候甚至还会错误地评估当时的情况，给出一些苛刻的评价。当然，人无完人金无足赤！没有人不犯错误。如果您在孩子的面前谩骂了别人，请您一定要向孩子说明您骂人的理由，比如，只要和别人打交道，都有可能出现冲突。要让孩子明白，您的一时冲动不尊重别人并不是您的本意，而是例外，是一种非正常的反应。从这点看来，学会控制情绪是尊重他人的第一步，如果出现了愤怒情绪，就必须尽快地把它疏解掉。

尊重和重视他人，很大一部分是以勇于向别人施以援手的形式表现出来的。现如今，社会中独善其身、缺乏集体观念的人越来越多。请您也认真审视一下自己，看看自己是否属于此列：

您是否会在大街上或地铁里帮助陌生人，还是觉得"陌生人"根本无足轻重？您的孩子是否很小就学会事不关己高高挂起，在其他人需要帮助的时候冷眼旁观？有时候，只要我们伸出援手帮别人一把，就已经迈出了通向热心助人的第一步。

您一定要向孩子说明，热心助人也应该有度。家长要告诉孩子，在帮助别人的时候，一定要注意保护好自己的安全。如果觉得凭借一己之力帮

助不了别人，一定要求助周围的其他成年人。

故事复述：蜜蜂王后

两位王子一起踏上了一次探险之旅，这次旅行并没有带着他们的小弟弟；可是，这两兄弟出去了很长时间都不见回来，小弟弟就着急了。于是，他去寻找自己的哥哥们。最小的王子找到两个哥哥后，这兄弟三人就一同继续旅程。两位哥哥自认为比弟弟聪明，一路上都在欺负年幼单纯的弟弟。走着走着，兄弟三人看见了一处蚂蚁窝，两位哥哥看着好玩儿，就想把蚂蚁窝挖个底朝天，最小的弟弟阻止了他们。他还阻止了两个哥哥杀死湖面上的鸭子，和为了吃蜂蜜而想要熏死树上的蜜蜂。

每次遇到小动物，弟弟就要尽自己所能地帮助它们，因为他不想给其他的生命带来麻烦，不想让它们的生活充满痛苦和折磨。在这个过程中，

小王子展示出了敢于对抗强势力量的勇气，即使他明知道，两个强势的哥哥有可能把自己的话当做耳旁风，他也要坚持自己的做法。就像这则故事的结局中所描述的那样，小王子也因为这样的勇气而得到了奖赏。

接着，三兄弟又来到了一座废弃的宫殿里，宫殿里所有的生命都变成了石头。一位白头发老头儿跟三兄弟说，只要他们能够完成三个任务，就能免于变成石头的命运：首先，要将散落在苔藓丛里的一千颗珍珠都找出来。其次，要从湖底捞上来一把钥匙。最后，还要从三位长相一模一样的公主里挑出年龄最小最可爱的那位。

两个哥哥没有完成任务，于是就变成了石头。弟弟则在一路上救助过的那些小动物们的帮助下，成功地完成任务，保住了自己的性命。

灰姑娘的故事中，继母给灰姑娘分派了一个拣扁豆的任务（请参看84页"重组家庭和宽容"一章）一样，本则故事中，兄弟三人同样遇到了三个不可能独自完成的任务。而要完成这些任务，就必须得到他人的帮助才行，而且帮助还必须是和这些任务一一对应起来的、有针对性的：蚂蚁找珍珠，鸭子捞钥匙，蜜蜂尝蜂蜜。也就是说，如果让蜜蜂去帮忙捞钥匙的话，它们也是无能为力的。

这就告诉我们，求助他人，首先要对被求助人的能力有所了解，这样才能从正确的人那里求得正确的帮助。

宫殿里的魔法被破解了，变成石头的兄弟们也被解救了，三兄弟娶了三位公主。最小的弟弟成为了国王。

弱小的弟弟知道如何在两个强大的哥哥面前保护好自己。但在保护比自己更弱小的小动物时，弟弟却显示出超人的智慧和勇气。由于任务没完成而变成石头的两个哥哥，实际上就是他们内在世界的外化表现：对待所有生命都是冷酷无情的，就像一块儿冰冷坚硬的石头一样。因此，得到小动物们帮助的，就不会是这两位心如铁石的哥哥，而是充满爱心的弟弟。小动物们感激弟弟的救命之恩，用实际行动证明了人类用高傲自大和心胸狭窄的态度对待自然界中的其他生命是不可取的。

给孩子们的问题：

● 为什么最小的弟弟会去保护这些小动物？他是如何做的？

● 为什么蚂蚁、鸭子和蜜蜂会帮助小王子？它们又是怎么做的？

● 如何从一个人/动物的外表上看出来，他/它擅长的是什么？

● 在和别人交往的过程中，您是如何表达自己对别人的尊重的？

练习和游戏

亲身感受

　　两个人闭着眼睛，面对面站着。其中一人扮演欺负人的角色，另一人扮演被欺负的角色。参加游戏的两个人都必须全情投入。两个人先闭上眼睛想一想，应该用什么样的语言、肢体动作和面部表情，才能够恰当地表现自己的角色，比如欺负人的角色说："我一下子就能让你彻底完蛋，你已经在发抖了！"被欺负的角色则说："为什么没有人来帮一帮我？我害怕得直发抖。"想好之后，再同时睁开眼睛，把自己的想法表演出来。双方保持姿势一分钟，

然后互相交流一下刚才各自的体验。为什么有的人会觉得自己很弱小，低人一等？为什么有的人又会认为自己很强大，无坚不摧？

　　这个练习的意义在于，让参与者都有机会了解受欺负的人的心理活动。同时也让孩子感受到强者是如何作为的。欺负人的感觉或许很妙？或者感觉自己很强大，就能够增强自信心？但实际上，强不强大和对手的强弱并没有关系，而是自己对自己的一种判断和感觉。

　　这一游戏可以与很多搭档换着玩儿，争取每个人都各扮演一回欺负人的角色和被欺负的角色。

　　游戏进阶版：欺负人的一方还保持着咄咄逼人的气势时，受欺负的一方就可以在这一分钟内尝试着改变一下肢体动作，比如挺直身板抬起头，让自己看起来更高大一些。这种肢体动作上的变化会带来多大情绪上的变化？欺负人的一方又会有什么感觉？

角色扮演

　　这个游戏同上个游戏一样，也是真实生活场景的重现，也需要参与者进行角色扮演，亲历角色的喜怒哀乐。其中一个参与者扮演被欺负的角色，另一个或其他人（根据不同的情景）扮演欺

负人的角色，其余的人则扮演旁观者。亲身经历过这一真实场景的参与者，既可以自己扮演被欺负的角色，也可以当导演，指挥其他人进行角色扮演。排练的过程中也可以变换一下视角，从不同角色的角度出发，用同一场景排练多场戏。

第一场戏要完全还原真实场景。其余的戏每个参演者都可以发挥自己的聪明才智，给被欺负的角色或旁观者们添几句台词，或几个动作。要注意，欺负人角色的扮演者其动作和语言在这几场戏中都要尽量与实际情况保持一致，尽量做到还原真实。再来观察一下，受欺负的人可以有不同的反应吗？可以反应得早一点儿吗？他求助别人了吗？

这个练习向我们展示了，齐心协力对抗强权多么有用。当然，您还可以从新的角度进行理解：有没有可能缓和或解决冲突，受欺负的人或许根本没有感觉到？受欺负的人应该如何运用周围的资源，让自己摆脱困境？想一想如何把周围旁观者的力量和自己的力量结合在一起，共同铸成一把对抗强权的"利剑"。

这一角色扮演的游戏不仅可以重现经历过的真实场景，而且可以为我们以后遇到类似的情形提供参考。

"停！"

这个练习是由三个小练习组成

的。这三个小练习相互之间都是有联系的，因此要按照顺序一个一个地完成。先让两个参与者面对面站着，中间隔的距离要远一点儿。其中一个是"受欺负的"，另一个是"欺负人的"。

感受界限

第一个小练习。欺负人的一方面带怒容，逐渐向对方走近。被欺负的一方原地不动，一旦心里有不舒服的感觉出现，就挺直腰板，直视对方，大喊一句："停"。欺负人的一方听到命令后，立即站定不动。

捍卫界限

第二个小练习。欺负人的一方仍旧像第一个练习中那样做，直到听到对方喊"停"。不同的是，这一回他不需要停下脚步，而是继续向对方逼近。直到对方第二次喊"停"的时候才站住不动。

就到这里，再不要往前了！

先像第一个和第二个小练习中那样做，不过这次，欺负人的一方什么时候觉得自己最好不要再向前走了，就什么时候停下来。也就是对方的肢体和声音都清楚地表明："就到这里，不要往前了！"的时候。

这一练习是为了让我们了解到，他人的肢体动作和语言都能够清楚地传递出界限的概念。这也是告诉我们，无论对方多么弱小，都有要求他人与自己保持距离的能力。

或许最后一个小练习里，受欺负的一方必须用更大的声音、多次地重复自己的要求，才能迫使对方停下来。这种体验对孩子是十分有益处的：声音洪亮、清晰明了地说出自己的要求，再加上肢体动作，就能让对方注意到您的界限，迫使对方为了不激怒您而停下脚步。这种有点突然的反应无形之中会给对方造成一定的心理压力。即便您只是一个柔弱的小女生……

用"我"还是"你"来作主语，表达方式决定一切

当我们责难他人的时候，通常多用"你"来作主语，比如交谈中出现"你插个嘴把我脑子搞乱了"。这种表达对听者来说无异于一种消极的评价。对方会觉得受到了言语上的攻击，从而为了保护自己而生出反抗的力量。如果对方性格上比较易怒，那么这样的言语就会进一步激发出对方更具攻击性的言行。

遇到棘手的"欺负与被欺负的情

景",用"我"来做主语显然更有利于缓和当下的气氛。和用"你"做主语相比,"我"能够更温和地表达出说话者对听话者言行的观点,比如"这样突然不说话,会令我非常生气的。我觉得自己并没有得到应有的尊重。"

要转变自己的表达方式,还需要一定的练习,这些练习并不难,只要您和孩子能够意识到,在家庭日常生活中学会用"我"来作主语,是一件很重要的能力,那么我相信,通过一段时间的练习,孩子一定能够改变原来的说话方式。

用"我"作主语的三个好处:

1. 能够精确地描述行为和情景:"随便打断我的话,会让我很不高兴。"

2. 能够精确地描述情绪:"我真是又气

又伤心,因为我觉得自己完全不受重视,一点儿价值都没有。"

3. 能够精确地描述对自己和其他人有可能造成的结果:"既然我这么差劲,那我也没兴趣继续给你讲下去了。"

用"我"作主语可以准确地向对方传递自己的感受。这一说话习惯乍一看像是弱点,但实际上确实非常有用,十分有益于增强自信心:用这种句型,会消除孩子因为害怕自己的感受不为他人所知而带来的恐惧感。除此之外,这种坦诚的表达方式,也会令对方十分舒适,从而令双方接下来的对话朝互相尊重的方向进一步发展。这种表达方式消弭了对方的攻击性,引导对方用这样的言语来回答:"哦,对不起,我不是故意要打断您的,请您继续说。"

与众不同和困难重重

"为什么你要坐在轮椅上啊？"孩子的天性本来是开放、好奇、没有偏见的。但许多家长都很担心自己的孩子不能用"正确"的方式和残疾人交往。事实情况往往没有家长们想得这么复杂：残疾人也是人，和你，和我，都一样。

刺猬汉斯

从前，有个富有的农夫，他家财万贯，富可敌国，但是，美玉总有微瑕，生活总有缺憾，和妻子没有生下一个孩子继承家业就成了农夫的一块儿心病。每次进城，这位富有的农夫总是因为没有孩子，而受到其他农夫的冷嘲热讽。有一天，他终于忍不住了，怒气冲冲地回到家里，对着妻子喊道："我得有个孩子，哪怕是个刺猬也成啊！"

奇怪的事情发生了，不久之后，他的妻子就生了个孩子。不过这个孩子上半身是刺猬，下半身则像一个男孩子。妻子看到这个孩子后吓坏了，埋怨丈夫道："都怪你，都是你嘴巴不积德！"

农夫无奈地说道："都已经这样了，这孩子得接受洗礼，让教父给起个名字，但谁愿意做他的教父呢。"

妻子叹了口气说道："还让教父起什么名字啊，长成这个怪样子，就叫刺猬汉斯吧。"

孩子接受洗礼后，牧师对夫妻俩说："这个孩子浑身长满了刺，不能睡在普通的床上。"

于是，夫妻俩就在炉子后面铺了些干草，让汉斯睡在上面。妻子也没办法给孩子喂奶，因为孩子身上的刺会扎伤她。

就这样，汉斯在炉子后面睡了八年，他的农夫父亲简直烦透了，有时候真觉得，这个怪胎还不如死了好；但是，汉斯的生命力很旺盛，依旧顽强地活着。

有一次，农夫穿戴整齐，要去城里赶集，他问自己的妻子要带些什么东西回来。"那你就带点儿肉和面包回来吧，"妻子回答道。

农夫又问女仆有什么要买的，女仆要了一双拖鞋和几双长袜子。最后，他才想起来问一下自己的刺猬儿子："你想要什么呢，我的刺猬汉斯？""爸爸，"汉斯回答道，"我想要一只风笛。"

农夫赶集归来，带回了妻子要的肉和面包，也带回了女仆要的鞋和袜子，最后，走到炉子后面，把刺猬汉斯要的风笛给了他。刺猬汉斯拿着风笛，又对父亲说道："亲爱的爸爸，请您到铁匠那里，给大公鸡钉上一副铁掌，我要骑着它离开这个家，再也不回来了。"

听到汉斯这样说，农夫不禁暗暗高兴，心里暗想，这下终于可以摆脱这个

孩子啦。于是，农夫就立刻去给公鸡钉了掌。刺猬汉斯就这样骑着公鸡上路了，还带走了家里的猪和驴，准备在森林里喂养它们。

汉斯骑着公鸡，带着猪和驴，走进了大森林。公鸡驮着汉斯飞上了一棵大树，汉斯就在树上盖起一间小屋住了下来，把驴和猪养大。他的农夫父亲丝毫不知道他的消息。

每当汉斯无聊的时候，他就会坐在树上，吹响自己的风笛，演奏起非常美妙的乐曲。有一次，一位迷路的国王从附近路过，听见了美妙的音乐，感到非常吃惊，立刻派他的侍从前去查找笛声从何处传来。侍从四处寻找，只发现高高的树上坐着一只小动物，看上去像是一只骑着公鸡的刺猬在演奏。于是，国王就命令侍从上前询问他为何坐在那里，知不知道这森林里哪一条路可以通往自己的国家。听到问话，刺猬汉斯从树上下来，对国王说道，如果他肯写一份保证书，保证一旦他回到王宫，就必须将他在王宫院中遇到的第一件东西赐予他。答应这个条件，汉斯就给国王指明道路。国王暗想：这事儿容易，刺猬汉斯大字不识，我在保证书上写什么他都看不懂。于是，国王取来笔墨，写了一份保证书，写完后，刺猬汉斯给他指明了回家的路。国王顺着这条路一直走，就平平安安地回到了家。他的女儿老远就看见国王回来了，喜出望外地奔过来迎接自己的父亲，还亲昵地吻了他。就在这时，国王突然想起了刺猬汉斯和那张保证书，于是连忙告诉自己的女儿，他是如何被迫答应将自己回家后遇到的第一件东西赏给一只非常奇怪的动物，它骑着一只大公鸡，还演奏着美妙的音乐。不过，国王又告诉自己的女儿，他并没有按照对方的意思写，而是悄悄地把内容换成了：你不配得到你想得到的东西。国王的女儿听到父亲这样说，高兴地夸赞父亲做得好，因为她才不愿意和一只刺猬一起生活呢。

森林里的刺猬汉斯还和往常一样，照看着他的驴和猪，快快乐乐地坐在树上吹奏着他的风笛。有一天，又有一位国王带着随从和使者路过这里，他们也迷路了。森林又大又密，根本走不出去。就在这时候，他听到汉斯的笛声，就命令身旁的随从过去看看是谁发出这样的声音。随从走到树下，看见树顶上有只公鸡，刺猬汉斯就骑在公鸡的背上。随从问他在上面干什么。

汉斯回答道："我在放我的驴和猪，您有什么事吗？"

随从说他们迷路了，问汉斯能不能给他们指个路。刺猬汉斯骑着公鸡从树上下来，对国王说，如果国王愿意将他回到王宫后遇到的第一件东西赐给他，他就告诉国王路怎么走。

国王答应得很干脆，二话不说，就写下保证书交到汉斯的手里。汉斯骑着大公鸡走在前面，领着他们走出了大森林。国王平平安安地回到了自己的王国。他一进到庭院里，就得到了家人的热烈欢迎。国王有一个非常美丽的独生女儿，她跑上前来迎接他，一下子搂住了他的脖子，父亲的归来让她十分欣慰。她问父亲究竟上哪儿去了，怎么走了这么长时间。国王向女儿说自己在森林里迷了路，几乎回不来了，就在这时，一只在高高的树上骑着公鸡吹风笛的半刺猬半人的怪物给他指明方向，并帮助他走出了森林。可是他答应作为回报，将他在宫院里遇到的第一件东西赐予他，现在他首先遇到的是自己的女儿，这令国王感到很难受。没想到公主却语出惊人，说为了亲爱的父亲，她愿意在刺猬汉斯来的时候跟他同去。

刺猬汉斯仍旧悉心照料着他的猪群，大猪生小猪，汉斯的猪群变得越来越大，整座森林都给挤满了。于是，汉斯决定不住在林子里面了，他给父亲捎去口信，说把村里所有的猪圈都腾空，他会赶着一大群牲畜回家，让父亲把所有会杀猪的人都找来。汉斯的农夫父亲知道汉斯还活着，觉得非常难堪，因为他一直以为儿子早就死了呢。刺猬汉斯舒舒服服地坐在公鸡的背上，赶着一群猪进了村庄。他一声令下，屠宰就开始了。

把送来的猪都屠宰完后，刺猬汉斯对父亲说："父亲，请您再去铁匠铺给公鸡钉一回掌吧，这次我走后一辈子也不回来啦。"父亲又一次给公鸡上了掌，他感到一阵轻松，因为这个怪胎儿子这下永远也不会回来了。

刺猬汉斯骑着公鸡到了第一个王国。那里的国王下令，只要看到骑着公鸡手持风笛的人，大家就一起举起弓箭，拿起刀枪，把他阻挡在王宫的外面。所以当刺猬汉斯到了城门前，所有的侍卫都举起枪矛向他冲过来。只见他用鞋上的倒刺刺了一下公鸡，那公鸡就飞了起来，越过城门，落在了国王的窗前。汉斯高声叫着国王必须兑现诺言，把承诺过的东西都兑现，否则他就要国王和他的女儿付出生命的代价。国王害怕极了，他只好央求自己的女儿跟汉斯走，因为只有这样才能救自己一命。国王的女儿很无奈，只好穿上白衣，带着父亲送给她的马车和侍女，还有一大堆金银财宝，让汉斯和公鸡坐在车上，一起启程了。看着远去的马车，国王心想，恐怕自己再也见不到女儿了。

　　然而，国王万万没有想到，这一行人刚刚出了城门，刺猬汉斯便把公主漂亮的衣服剥了下来，然后用自己身上的刺把她刺得全身鲜血淋漓。刺猬汉斯对公主说："这就是对你们虚伪狡诈的回敬，你走吧，我是不会要这样的妻子的。"说完，他就把公主赶了回去。从此以后，公主的名声坏掉了，一辈子被别人瞧不起。

　　刺猬汉斯骑着公鸡，吹着风笛继续向第二个国王那里走去。第二个国王下令，只要有人见到刺猬汉斯，就要对他举手行礼，保护他的安全，一路高歌，将他送到王宫。走到半路，国王的女儿看见了刺猬汉斯，被他的怪模样吓了一跳。但是她却尽力告诫自己不能改变主意，因为她一直记着曾向父亲许过的诺言。公主整理好心情，大大方方地迎接刺猬汉斯，并遵守诺言，和他结为了夫妻。两人一同坐在王宫的餐桌旁，享受着美酒佳肴。

　　夜晚来临，刺猬汉斯和公主该上床休息了，可是，公主很害怕被刺猬汉斯身上的刺弄伤。刺猬汉斯柔声安慰公主，向公主保证绝对不会伤害她。刺猬汉斯让国王派四名士兵守在洞房外边，并点燃一堆火。当他走进洞房准备上床前，他自己会把刺猬皮脱下来，扔到床边，而这四位士兵则要立即跑过去，拿起刺猬皮扔进火堆里，看着它被大火烧得一干二净为止。不一会儿，十一点的钟声敲响，汉斯走进洞房，脱掉刺猬皮，扔在床边。士兵们飞快地跑过来，拣起刺猬皮扔进火中。大火把皮烧成了灰，汉斯得救啦。只见汉斯变成人的模样躺在床上，全身漆黑好像被火烧过一样。国王派来御医，用昂贵的药膏给他全身擦洗、涂抹，只过了一会儿，汉斯的皮肤就变白了，成了一个英俊的小伙子。国王的女儿看见丈夫如此帅气，十分高兴。第二天早晨，汉斯和公主快快乐乐地起了床，一起用完餐，在庄严的气氛中再次举行了盛大的婚礼。国王还把自己的王位传给了刺猬汉斯。

　　时光荏苒，又过了几年，已经是国王的汉斯带着妻子去见父亲。当汉斯向父亲表明自己就是他那个披着刺猬皮的儿子时，农夫简直不敢相信，一再表示他并没有像眼前这位英俊小伙儿一样的儿子，只说曾经有过一个生下来就上身像刺猬一样长满了刺的儿子，不过早就离开家，不知道哪儿去了。汉斯费劲口舌，才让农夫相信自己就是他的儿子。父子相认后，农夫高兴地跟着汉斯去了他的国度。

接受不同

大部分遭受身体缺陷困扰的人群，都能够接受自己的与众不同，开朗地面对别人提出的一些没有恶意的问题。他们唯一需要的就是尊重和平等。

孩子对新事物的好奇心会促使他们特别关注残疾人。孩子的年龄越小，向残疾人提出的问题就越有可能令对方感到尴尬。这种情况会随着孩子的渐渐长大以及与残疾人越来越多的接触而有所变化。有些孩子会由好奇转变为害羞地躲避，有些孩子则会有歧视残疾人的行为，还有些孩子会呈现出热心过度的状态。所有的这些行为都

是在提醒残疾人，他们和普通人是不一样的。家长要引导孩子不要过度关注残疾人的与众不同之处，让孩子多关注残疾人与普通人的共同之处。这样就会更加有利于帮助残疾人更好地融入社会。

故事复述：刺猬汉斯

这则故事向我们讲述了一个小男孩儿充满艰辛、痛苦、处处遭遇阻碍的成长之路：他生下来就是上半身刺猬，下半身人类的样子。父母觉得很是无助，不知道该拿这个孩子怎么办，因为他和其他的孩子比起来是那么的与众不同。尽管这个孩子是农夫夫妇期盼已久的梦想，但长满刺的汉斯却打碎了他们的梦。汉斯的父母无法接受这样一个孩子，也无法在这个家里给他一个温暖的位置，用冷漠和忽视表达了对汉斯的不满。

父母把刺猬汉斯放在火炉后面，让他在那里睡觉吃饭。这就是现行条件下他们能给汉斯的最好的生活条件。

这个孩子因为自己与众不同的长相在生活中遭受了比其他人更多的困难。可是，他坚信自己可以克服困

隐喻

本则故事中的火炉代表着家庭的温暖、保护和安全。除了这个象征意义外，火炉还可以象征着成熟（面团烤成了面包）或新生（某事"已经完成了"）。本则童话故事中的火炉的象征意义为第一个：家庭的温暖、保护和安全。

难，找到属于自己的那条路。

为什么汉斯要穿着刺猬皮呢？因为刺猬虽然外面都是坚硬的刺，但是里面却柔软温暖，但这个秘密却没有人知道，因为看到汉斯的人都害怕被他的刺扎伤，不敢靠近他，也就当然不会知道这坚硬的外壳下包裹着的，是一颗柔软的心。

"害怕被伤害"这种说法也经常出自为人父母者的口中。"我非常爱我的孩子，可是他却经常用极端的、不配合的态度来伤害我。"这则童话故事则道出了父母与子女之间发生如此冲突的原因所在。虽然双方都抱有和对方亲近一些的美好愿望，但实现的过程往往是十分艰难的，有时候甚至是不可实现的。

所以，当冲突无法调和的时候，刺猬汉斯就只能独自骑着公鸡，带着风笛，牵着驴和猪，离开这个矛盾重重的家。因为汉斯的潜意识里已经想明白自己想要的生活是什么，如今也已经长大，到了该离开家的时候了。父母将家里最好的东西给了汉斯，帮助他完成自己的心愿。汉斯将带走的家畜在森林里饲养了许多年，学会了承担生活的责任。汉斯之所以这么努力，一方面是为了照顾这些牲畜，保证它们和带出家门时那样健康，另一方面也是为了圆自己的一个梦。

汉斯在森林里生活，有大把的时间和大片的空间。因此，除了喂养照顾这些牲畜，他还发现了自己的一个天赋：吹风笛。音乐是汉斯表达情感的方式，渐渐地变成了他的另一种语言。

汉斯逐渐认识并接受自己特殊的外表，是他成长中最重要的一步。最后，当汉斯清楚地认识并接受了自我的时候，他甚至还能够帮助两位迷路的国王找到回家的路。在森林里生活的经历，让汉斯学会如何与大自然中的其他生物和平相处，学会正确认识自己作为一个独立个体的价值，最终找到了能令自己感到安全的位置。尽管身体上略有不便，但他却能找到自己的路，接受当下的现状。

隐喻

照顾牲畜在本则童话故事中暗指主人公自我审视、回归本心的过程。照看牲畜的人通常都会长时间独自和牲畜在一起，因此会有很多空闲时间用来思考人生、感知自我的内心世界。童话故事中的动物形象代表着天性。因此，学会照顾这些牲畜的过程，就是汉斯激发天性、形成愿望、表达需求，并正确地运用控制它们的过程。

风笛是一种吹奏类的乐器，需要很高的演奏技巧才能掌握。汉斯在吹奏风笛的过程中，也通过一口口地向外吹气，把内心的郁闷一吹而空。

对自己的能力有了正确认知之后，汉斯就开始要求他人对自己的热心帮助予以回报了：凡是受到过他帮助的国王，都要承诺把回家后遇到的第一件东西送给汉斯。两个国王回家后遇到的第一个人都是自己的女儿。第一个国王欺骗了汉斯，还想把他杀死。这时候的刺猬汉斯已经知道如何利用好自己浑身是刺的这个特点了，于是就略施小计，用尖利的刺惩罚了骗子国王的女儿。第二个国王遵守了自己的诺言，让自己的女儿和汉斯结为夫妻。

随着故事的发展，汉斯不断地自我成长。正确认识自我后，汉斯逐渐学会和人类正常交流了，从而可以脱离只和靠天性驱动的动物们交流的命运了。

刚开始，公主不知道怎么面对如此特别的汉斯，不知道该与他如何相处。公主不因为汉斯身体上的特别而瞧不起他，反而很尊敬他。就这样，汉斯在这里找到被他人平等对待的感觉、受别人欢迎的感觉、和被完全接受自己缺点的人深爱的感觉。在这个国度，汉斯的特别之处不再是被别人嘲笑讽刺的重点，而只是一个能被大家友爱接受的特点而已。这也为汉斯最终摆脱刺猬皮束缚提供了可能性。收到了公主和周围人的肯定和礼遇，汉斯就不再需要用尖利的刺来保护自己，而是愿意以一个正常人的形象展现在大家的面前。甚至是过去抛弃过儿子的农夫父亲，现在也可以和卸下伪装的刺猬汉斯快乐地生活在一起了。

当然，现实生活中，身有残疾的人并不能像童话故事中那样，只是因为得到了别人的爱，就能来一个华丽变身，完全摆脱过去的自己，拥有一个新

给孩子们的问题：

- 你见到过身有残疾的人士吗？
- 这些人有没有什么突出的缺陷/优势？
- 我们必须要喜欢残疾人群吗？
- 孤独地一个人在火炉后面睡觉，是一种怎么样的感觉？
- 你要是主人公的话，会用什么方法到森林里去？
- 你有什么音乐方面的特长吗？
- 你觉得刺猬皮应该长什么样子？

的外在形象。

不过，只要别人关注的重点从身体的缺陷转移到残疾人本人的其他方面，残疾人不再因为自身的与众不同而别嘲讽，那么他们就有可能在自己和周围人的共同努力下，重新塑造一个全新的自我。

练习和游戏

通过玩儿游戏，亲身体验一下残疾人的不便，感受一下看不见、听不着、走不了路，用另外一种方式去感知世界，会带给我们什么样的感觉？

下面的游戏能够让我们学会宽容、接受和尊重残疾人，并把这些价值观切实地运用到生活中去。

"盲目"信任

本游戏步骤可参看164页"承诺和信任"一章中的内容。

换位思考

如果有条件的话，最好能给孩子准备一把轮椅，让孩子体验半天的轮椅生活。推着坐在轮椅上的孩子一起散步、购物，感受一下路人看您的眼光，好奇、感兴趣、还是同情，亦或是根本没有注意到。孩子期望看到周围人的何种反应？您也可以坐在轮椅上感受一下。换位思考往往会带来令人惊奇的新认识，还会进一步丰富您的生活经验。

类似的游戏：

黑布蒙住眼睛或闭上眼睛，塞上降噪耳塞，枕头绑在肚子上，把脚塞进装满纸团的塑料垃圾桶里，用塑胶带把指关节粘在一起。这样孩子就能体验到盲人眼睛看不见，聋哑人耳朵听不到，过度肥胖和行走不便的感觉了。

生日聚会的时候，大家往往会选择玩儿一些经典多人游戏，比如"抢椅子游戏"。除了肌肉拉伤被大家哄笑，孩子有时候还免不了带着几块儿淤青回家。这时候就需要您耐心地投入些时间，和孩子进行交流，排解他内心的郁闷。

幼儿园和小学也经常会组织孩子们进行一些体验残疾人生活的游戏，尤其是当学校里面存在残疾人学生的时候。

勤奋、懒惰和耐心

"没有付出就没有收获""万恶自惰始"：勤奋还是懒惰，是人类实现自我成长过程中永恒的话题。在欧洲文化中，勤奋是像"金子一样宝贵"的美德，而懒惰则是耻辱的象征……

霍勒婆婆

从前，有一个寡妇，她有两个女儿，其中的一个美丽又勤劳，另外一个却是又丑又懒。可是，她却更喜欢这个又丑又懒的女儿，因为那是她的亲生女儿，另一个不得不包揽所有家务，成了名副其实的"灰姑娘"。可怜的姑娘必须每天坐到路旁的水井边纺线，不停地纺啊纺，一直纺到手指磨出了血。有一天，纺锤全让血给染红了，姑娘打算用井水把它洗干净，不料纺锤脱了手，掉进井里。姑娘一路哭着跑到继母跟前，对她说了这件不幸的事。继母听了，把姑娘臭骂了一顿，无情地说："既然你把纺锤掉到井里，你就必须把它捞出来。"

姑娘回到井边，不知如何是好。由于害怕受到继母的责罚，小姑娘不假思索地跳进井里，想要自己把纺锤捞上来。跳进井里的瞬间，她就失去了知觉。等她苏醒过来时，发现自己躺在一片美丽的草地上，草地沐浴着灿烂的阳光，四周环绕着万紫千红的花朵，各自争香斗艳。

她站起身来，向草地的前方走去，在一座烤炉旁停下了脚步，发现烤炉里装满了面包。面包对她说："快把我取出来，快把我取出来，不然，我就要被烤焦啦。我在里面已经被烤了很久很久啦！"姑娘走上前去，拿起面包铲，把面包一个接一个地全取了出来。

随后，她继续往前走，来到一棵果实累累的苹果树下，果树冲她大喊大叫："摇一摇我啊，摇一摇我啊，满树的苹果全都熟透啦。"于是，姑娘用力摇动果树，苹果雨点般纷纷落下，直到树上一个也不剩了，她才停下来；接着她又把苹果一个个捡起来堆放在一起，然后又继续往前走。

最后，姑娘来到一幢小房子前，只见一个老太太在窗前望着她。老太太长着长长的牙齿，姑娘一见心里很害怕，打算赶快逃走。谁知老太太却叫住她："亲爱的孩子，你害怕什么呢？就留在我这儿吧！要是你愿意在这儿好好干家务活儿，就会过上好日子。不过你千万要当心，一定要整理好我的床铺，使劲儿抖我的床垫，要抖得羽绒四处飘飞，就像下雪了一样。我是霍勒婆婆。"

见到眼前的这位老太太说话和颜悦色的，小姑娘放下心来，答应留下来替她做家务事。勤劳的小姑娘做家务很用心，她出色的表现让老太太十分满意。抖床垫时，她使出全身力气，抖得羽绒像雪花儿似的四处飘飞。和蔼的婆婆从不责骂小姑娘，小姑娘在霍勒婆婆这里生活得十分愉快。每天的饭食中还有肉吃，要么是炖的，要么是烤的。

就这样，小姑娘在霍勒婆婆这里快乐地生活了很长一段时间。可是，随着时间的流逝，小姑娘却越来越忧郁，一开始，她也不明白自己这是怎么了，后来终于意识到，原来自己这是想家了。尽管这里的生活比在继母家里的生活好很多，可是她依然归心似箭。终于，她忍不住对霍勒婆婆吐露了自己的心事："我现在很想家。在这下面，我事事称心如意，可我再也待不下去了，我得回到上面的亲人身边。"霍勒婆婆听后回答说："你想回到家人身边，我听了很高兴。你在我这儿做事尽心尽力，我很满意，那么我就亲自送你上去吧。"说罢，霍勒婆婆牵着小姑娘的手，领着她来到一扇大门前。大门打开了，小姑娘刚刚站到门下，金子就像雨点般落在她身上，而且都牢牢地粘附在她衣服上，结果她浑身上下全是金子。"你一直很勤劳，这是你应得的回报。"霍勒婆婆对她说，说着又把她掉进井里的纺锤还给了她。忽然，大门"砰"的一声就关上了，姑娘又回到了上面的世界，她就站在她继母家的门前。当她走进院子的时候，蹲在辘轳上的大公鸡"咯咯"地叫了起来：

"咯……咯……咯……咯……咱们的金姑娘回来喽！"

随后，她走进继母的房间。继母和妹妹看到她浑身上下粘满了金子，瞬间变得十分热情。

　　勤劳的姑娘把自己在井里遭遇到的一切，都告诉了继母和妹妹。看见继女带回来这么多财富，继母暗自动了心思，想把自己那个又丑又懒的亲生女儿也送到井里去，让她也拿回许多金子。于是，继母让自己的亲生女儿也坐在井边纺线。为了让纺锤粘上血，她不惜把手伸进刺篱笆里，将自己的手指扎破。然后，她把纺锤投进井里，自己也随即跳了下去。

　　像姐姐一样，她先是来到一片美丽的草地，然后顺着同一条小路往前走去。她走到烤炉前时，面包冲着她大声叫喊："快把我取出来，快把我取出来，不然我就要被烤焦啦。"可这个懒惰的姑娘听了却回答说："我才不想弄脏我的手呢。"说完继续往前赶路。不大一会儿，她便来到苹果树下，果树跟上次一样喊叫着："摇一摇我啊，摇一摇我啊，满树的苹果全都熟透啦。"她回答道："可苹果落下来会砸着我的脑袋。"说完继续赶路。

　　不一会儿，她就来到霍勒婆婆的小房子前。因为她听姐姐说过老太太牙齿长，所以霍勒婆婆一点儿也没有吓到她。第一天，丑姑娘心里始终惦记着作为奖赏的金子，所以强打起精神，装成很勤快的样子，而且事事都照着老太太的意愿来做。可到了第二天，她就懒起来了；第三天呢，她懒得更加不像话，早上甚至赖在床上不想起来，连整理霍勒婆婆的床铺这件事也给忘记了，更不用说抖床垫，抖得羽绒四处飘飞了。几天下来，老太太已经受够了，就预先告诉她，她被解雇了。懒姑娘一听，满心欢喜，心想终于到了该下金雨的时候啦。霍勒婆婆领着她来到那扇大门前，可当她站到门下时，非但没有金子落下来，劈头盖脸地泼了她一身的却是一大锅沥青。"这就是你应得的回报。"霍勒婆婆对她说，说完便关上了大门。懒姑娘就这样回到了家里，浑身上下糊满了沥青。蹲在辘轳上的大公鸡看见了她就"咯咯"地叫了起来：

　　"咯……咯……咯……咯……咱们的脏姑娘回来啰！"

　　懒姑娘身上的沥青粘得很牢，无论怎样冲洗也无济于事，她只好就这样过一辈子啦。

"懒姑娘用长线"

你曾经从奶奶那里听到过这个谚语吗？你觉得什么是懒惰呢？

孩子们总会被大人说懒，懒得不做作业，懒得不打扫卫生。但这些行为真的算得上懒惰吗？懒惰和放松之间的界限很模糊。因此，当您忍不住想要批评孩子"懒"，用惩罚来威胁孩子的时候，请您一定要先明白以下概念：

区分懒惰和放松的标准如下：

● 您的孩子是否对于"应该如何做事"和别人有着不同的理解？如果孩子纪律意识淡漠，干什么事情都是"得过且过"，那么就很容易给他人造成懒惰的印象。

● 您的孩子是否常常因为把精力用在了其他地方？诸如游戏、运动等事情上，而满足不了您的要求？这种您眼里所谓的懒惰也许只是（下意识的）必须的休息和放松。（请参看56页的"压力"一章。）

● 您对懒惰的认识真的够客观吗？凡不是您亲眼所见，而是从别人那里听说您的孩子如何如何懒惰，您都要先亲自进行验证，看看孩子的这种行为是否由于受到的要求过高，或由于某种特殊的原因而不想迎合他人的期待。

● 孩子身上表现出来的所谓的懒惰，是否是孩子精神上有压力的外在表现？比如，家庭矛盾或学业受阻，就会容易让孩子陷入到悲伤或焦虑的情绪中去（请参看176页"悲伤"一章。）

● 有时候，懒惰是孩子的一种"软性的反抗"，您必须耐心的花些时间来挖掘出孩子内心隐藏的原因。

● 孩子很少会以"觉得心很累"这个理由来解释自己的懒惰行为。如果真的出现了这种情况，您一定要给予高度的重视，尽快带着孩子就医。这种长时间的慵懒背后肯定隐藏着许多不为人知的原因。

如果孩子根本没有兴趣和您讨论懒惰这个话题，那么让他和您一起阅读"霍勒婆婆"（参看154页）这篇童话故事，引导孩子和您谈论这个话题，从而影响孩子，帮助孩子纠正懒惰的不良习惯。即便这些努力不可能把孩子的坏习惯一下子全都改掉，但至少会让孩子对待事情的态度积极一点儿。您还可以告诉孩子，如果一直这么懒惰下去，就会像故事中的那个懒姑娘一样，受到生活的惩罚。

话题：耐心

现如今，生活节奏越来越快，导致我们很难平心静气地真正认识到"等待一个解决问题的合适时机"有多重要。

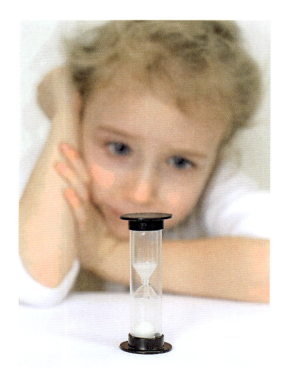

生活中的所有事情都有它的时机

在如今这个讲求效率的快节奏社会里，我们已经习惯了每个季节里都有西红柿；街道上的商店也必须24小时营业；只需轻轻一点鼠标，就能发出一封电子邮件，代替了过去的信纸。而耐心地"等待时机"往往变成了一种奢求。

"每件事情都有它的时机"——这句话出自一部童话音乐剧。比急匆匆地推进完成每一件事情更重要的是享受当下，同时准备好在恰当的时机迎接改变。耐心等待是一门艺术，是孩子们需要掌握的基本生活技能之一。

该怎么样支持我的孩子？

要回答这个问题，请您首先问一问自己：作为家长，您在面对孩子的时

候是否有足够的耐心呢？如果没有，那么就请您和孩子一起培养耐心——因为孩子会把您作为自己的榜样，并对您的言行进行观察和模仿。

当然，知易行难。怎样才能培养您和孩子的耐心呢？

感受

请正视您没有耐心这个事实。什么时候会没有耐心，当时的感受如何？采取什么样的方法能够让自己耐下心来？把这些方法都一条一条地记录下来。这些方法都会帮助您正确认识自己的问题。

耐心等待多长时间合适呢？您是否曾经为了认真研读一本长时间以来都想读的书而特意开辟出时间呢？请您从另一个方面设想一下，没有耐心的人会怎么做。

规则

某些时候规则就是标准，它能让我们知道自己的行为是否与当下的环境相符。

成年人都知道，让孩子学会遵守规则是一件很重要的事情。比如，婴幼儿一般没有时间观念，就连白天与黑夜之间的界限都分不清楚。因此，如果您想要培养孩子的时间观念，就要给孩子提供一个准确明晰的信号，比如睡前讲一个故事或者唱一首儿歌。又比如，当孩子急不可耐地想吃东西的时候，请您让孩子参观您做饭的过程，一步一步展示给他看，并配以解说词："现在我开始削胡萝卜，接下来就是把它们切成块儿，然后就放进锅里煮……现在把煮软了的胡萝卜捞上来……饭就做好啦！"最多如此三次，您的孩子就会理解做饭的整个过程，从而清楚地了解做一顿饭需要多长时间。这样就能更好地培养孩子的耐心，因为孩子知道，现在做得每一步都是为了达成最后的那个目标。了解了过程，自然就不会觉得等待的时间漫长难熬了。

即使是青少年和成人，也能从学习规则中获益：

学习规矩要求我们身心同步，才能牢牢地记住整个过程。上述孩子等饭做熟的这个例子中，如果孩子想要学会规矩，就必须让自己的注意力在父母讲解和示范的这段时间里高度集中。如果总是想得多做得少，那么必然会产生不耐烦的感觉。并且会觉得当下的等待就是赤裸裸地浪费时间。而注重学习过程的人，却能够享受到全心全意为目标而努力的快乐，这样一比较，前者的收获必然逊色于后者。

也请您尝试感受一下成功养成一个习惯的过程。晚上难以入眠的时候，泡上一杯您最喜爱的茶，静待时光流逝，享受当下美好的时刻。最后，请您关上灯，躺在床上安然入眠。一段时间后，您就会发现自己的身体已经适应了这样的习惯，"一杯茶＋享受时光＋关灯"就成为了您安然入眠之前的信号。

用这样的方法，您可以解决许多生活中的问题。当然，您还可以设计一套自己独有的习惯。

标记节日历也和耐心、规则有关，这一点很多人并没有意识到。孩子们往往要看一看日历，才能清楚地判断出离节日还有几天，在一天天的时间的流逝中享受越来越浓烈的喜庆气氛。您还可以在日历上标出孩子的生日、开学的时间、期待的音乐会等等。

休息

休息能够帮助我们停下脚步，好好地审视和享受当下的时光，平复急躁的心情。我们的身体和心灵都需要一个安静的休息时间。休息也是一门需要学习的技能，只有不断地进行练习，它的作用和效果才能被发挥到极致。请您大胆地尝试各种方式，看看哪一种休息放松的方式适合您和您的孩子！作为参考，您可以借鉴下列方法：

● 呼吸训练
● 放松肌肉训练
● 让想象力尽情驰骋
● 瑜伽、普拉提、水疗
● 中场休息

建议

鼓励孩子忍受寂寞。告诉孩子，如果能够长时间适应"无所事事"的状态，那么他就已经养成了等待成功的那份耐心。如果能够长时间地保持这份"内心的宁静"，那么就能学会倾听自己内心的声音，更深入地了解自己。

此外，耐心也能激发孩子的创造力，让孩子学会自己安排一段等待的时间。如果孩子能够在等待的时间里安排自己做一些有意义的事情，那么这段时间也就不会显得那么漫长了。

当您预计到某一段时间需要等待，我建议您不妨提前安排一些要做的事情或能玩儿的游戏，来帮助您度过这段时间。许多经典的游戏其实很简单，不需要提前准备：

● "我能看到你看不到的东西。"
● "我正在整理箱子"
● 词语接龙
● 猜哑谜
● 选一个人或者一个东西作为主角，编一则故事讲给大家听
● 讲童话故事

橡胶小球、弹球，或纸牌这种小物件装在口袋里不会占用多大地方，但却能让您度过一段愉快的等待时光。

掷骰子这个经典游戏很早就被用于培养孩子的耐心上面：其中一个玩家掷骰子的时候，其他的玩家必须耐心地等待。除此之外，其他的玩家还必须聚精会神地关注游戏的进程，注意观察其他玩家的动向。除了团队精神和互相尊重，这个游戏还能够引导孩子把眼睛看到的转化成为自己的战略战术，有益于开发孩子的智力。

故事复述：霍勒婆婆

金姑娘和脏姑娘这两个名字是怎么来的？

本则故事中的主角是两个姑娘，一个勤快又漂亮，一个懒惰又丑陋。她们不是亲姐妹，因此在家里的待遇也大相径庭。

一次很偶然的机会，勤快的姑娘来到了霍勒婆婆生活的地方。见到霍勒婆婆之前，她遇到许多需要她完成的任务：把烤熟的面包从炉子里拿出来，把熟透的苹果从树上摇下来。来到霍勒婆婆家里后，她要听霍勒婆婆的话，为她做所有的家务。勤快的姑娘把所有的活儿都做得很好，令霍勒婆婆很满意。作为奖励，霍勒婆婆下了一场金雨，把勤快的小姑娘变成了浑身粘着金子的金姑娘。

懒姑娘的遭遇却截然相反。看到姐姐浑身沾满黄金，懒姑娘不禁大为眼红，她也想得到这些财富，于是，就走上了和姐姐一样的路。本则童话故事中

的这条路，不仅通向物质财富，也通向赞赏和成熟。然而，又懒又自私的妹妹却总是不愿意帮助别人——任由面包烤焦，苹果腐烂。这时候，如果懒姑娘能够克服一下懒惰，耐着性子把后面的任务都完成，那么也是能够得到一定的奖赏的。但她却没有明白这一点。所以，懒姑娘因为自己的懒惰收到了霍勒婆婆的惩罚，变成了一个浑身沾满沥青的脏姑娘，更丑陋了。从此以后，丑陋的外表就成了她的标志，将会伴随着她度过余生。

另一方面

脏姑娘的处事原则也有令人羡慕的地方：无论别人是如何要求她的，都不会影响她按照自己的想法来走自己的路。即使自己的懒惰被霍勒婆婆嫌

隐喻

漂亮和丑陋是经常出现在童话故事中的两个形容词。它们不仅仅描述的是主人公们的外表，而且还指代着主人公身上的品质和特点，比如前者指代勤劳、顺从，后者指代懒惰、自私、贪图享乐等等。

弃，她还是敢于坚持自己的个性。童话故事中的脏姑娘说的这两句话——"我才不想弄脏我的手呢"和"可苹果落下来会砸着我的脑袋"，表明了她以自我为中心的个性。

耐心

耐心是本则童话故事中另外一个主题。金姑娘的个性特点是耐心，并因为这一特点而得到了奖赏。她的懒妹妹则向我们完整地展示了一个没有耐心的人在追求目标时的所作所为，并因此与最终的目标失之交臂。没有耐心的懒妹妹对生活中的累累硕果视而不见，就像对待熟透了的苹果一样；对生活中的好时机熟视无睹，错失一次又一次的好

给孩子的问题：

● 金姑娘受到奖励，脏姑娘受到惩罚，你认为这个结果公平吗？

● 脏姑娘不愿意把面包从烤炉里拿出来、把苹果从树上摇下来，这样的行为会导致什么后果？

● 如果你是金姑娘/脏姑娘，你会怎么做呢？

● 你是如何判断一件事情重要与否，必要与否呢？

● 带着一身的霉运和沥青，脏姑娘接下来的日子要怎么度过呢？

● 脏姑娘要怎么做，才能把自己的霉运都去掉呢？

机会，把一只只香喷喷的"面包"都烤得黑乎乎的，无法下咽。这样的人最终得到的，就只有错过好机会的惨痛教训而已。

练习和游戏

巧克力豆分类

把不同颜色的巧克力豆倒进同一只碗里。让孩子们按巧克力豆的颜色对它们进行分类。当然，分类的过程中，可以允许孩子们偷吃上两颗。

"急急如律令，东西摆整齐！"

让孩子扮演一名魔法师：

把15～20个日常用品和玩具摆放在孩子面前。

让孩子闭上眼睛，安排另外一个孩子或成年人把其中的一件东西拿走，在房间里找一个合适的地方藏起来。然后再让闭上眼睛的孩子睁开眼睛，看看眼前的东西缺少了哪一件？

这个游戏特别适合多子女家庭！为了让游戏更加生动，烘托神秘的气氛，您还可以鼓励孩子，让他们做几支魔法棒、魔法帽或斗篷。

承诺与信任

"君子一言，驷马难追。"我们向他人许诺的时候，就是在求得对方的信任，就是把自己的名誉放在了这个承诺上。谁都不想令他人失望，被别人看做是一个不可靠之人不是吗？那么，承诺到底有多重要呢？

青蛙王子

很久很久以前，有一个美丽的国家，在那里，所有人心中的梦想，都能变成现实。这个国家的国王有好几个女儿，个个都很漂亮。尤其是他的小女儿，更是美若天仙，就连见多识广的太阳公公，都忍不住惊叹于她的美丽，用明媚的阳光温柔地抚摸她那可爱的小脸儿。国王宫殿的附近，有一片幽暗的大森林，森林中有一株高大的菩提树，菩提树的下面有一口深不见底的水井。每当炎热的夏天来临，小公主都会到这片森林里来，坐在清凉的井边玩她最喜欢的金球。小公主把金球抛上去，又用手接住；这成了她最喜欢的游戏。

有一次，当小公主伸出小手，想要接住落下来的金球时，金球却掉到了地上，骨碌碌地就滚到了井口，小公主赶忙追过去。可是，金球还是掉进了井里，小公主趴在井沿儿上一看，里面黑洞洞的，根本看不到底。小公主伤心极了，放声大哭起来。她越想越伤心，越哭越大声。哭着哭着，小公主突然听到有人大声地说道："哎呀，可爱的公主，什么事让你如此伤心，你这样悲伤，就连石头都要心疼你的。"小公主四处瞧了瞧，想看看是谁在说话。终于，她找到了声音的来源，原来是一只生活在这口深井里的青蛙，公主仔细一瞧，它长得可真难看啊，肥嘟嘟身子，扭曲的脸。

"哈，原来是你呀，游泳健将，"公主回答道，"我心爱的金球不小心掉进井里了，所以我才哭得这么伤心。"

"好啦，不要难过，"青蛙回答道，"我能帮助你。不过，如果我把金球捞上来，你要拿什么来报答我呢？"

"你想要什么呢，亲爱的青蛙，"公主说道，"华丽的衣服，名贵的珠宝，还是我头上的金冠。你要什么我都给你。"

青蛙回答道："衣服珠宝和金冠，这些东西我都不喜欢。如果你能喜欢我，让我做你的朋友，一起玩游戏，和你坐在同一张餐桌边，用你的金碟子吃饭，用你的高脚杯饮酒，晚上还让我睡在你的小床上。你能答应这些要求的话，我马上就潜到水里去，把金球捞上来。"

"我答应你，"公主连忙说道，"只要能帮我把金球捞上来，你要什么我都答应。"

可是，小公主嘴上虽然这么说，但是心里却想："真是只傻青蛙，胡说八道些什么啊。像他这样的，只配蹲在井底，和他的同类一起呱呱叫，怎么能做人类的朋友呢？"

青蛙得到了公主的许诺以后，立刻钻进了水里。不一会儿，他就衔着金球，浮出了水面。青蛙把金球放在草地上。小公主高兴极了，心爱的玩具又回来了。她赶快捡起草地上的金球，撒腿就跑。

"等等，等等，"青蛙喊道，"带上我呀，我可跑不了那么快。"尽管青蛙扯着嗓子拼命地呱呱叫，可是却没有一点儿用。小公主对青蛙的喊叫

根本不予理睬，而是径直跑回了家。很快，小公主就把可怜的青蛙忘记得一干二净。青蛙没有办法，只好回到井里去。

第二天，小公主和国王坐在桌边，正打算用她的金碟子进餐，突然听见了"啪啦啪啦"的声音，好像是有什么小动物正顺着台阶往上跳。到了门口还一边敲门一边喊道："公主公主，快开门。"

小公主急忙跑到门边，想要看看到底是谁在外面。她打开门一看，原来是那只小青蛙蹲在门前。小公主吓了一跳，猛地把门关上，转身就回到自己椅子上，心里害怕极了。

国王发现小公主魂不守舍的样子，就问她："我的孩子，是什么让你这么害怕，该不是门外有个巨人要把你抓走吧？"

"啊，不是的，"小公主回答道，"不是什么巨人，而是一只讨厌的青蛙。"

"青蛙为什么要找你啊？"

"啊，亲爱的爸爸。昨天我到森林里的那口水井边玩儿，金球掉进了井里。正伤心大哭的时候，这只青蛙就来帮助我把金球从水里捞了上来。作为回报，青蛙要求和我做朋友，我当时什么也没想就答应了，我根本没想到他能从井里爬出来，走这么远的路到这里来。现在他就在门外呢，想要进来。"

正说着，外面的敲门声又响了起来：

"小公主啊我的爱，快点儿把门打开！爱你的人已到来，快点儿把门打开！你不会忘记昨天，菩提树下井沿边，井水深深球不见，是你亲口许诺言。"

国王听了之后对小公主说，"你不能言而无信，快去开门让他进来。"

小公主走过去把门打开，青蛙蹦蹦跳跳地进了门，然后跟着小公主来到座位前，接着大声说道，"把我抱到你身旁呀！"

小公主听了吓得发抖，国王却吩咐她照青蛙说的去做。青蛙被放在了椅子上，可心里不太高兴，想到桌子上去。上了桌子之后又说，"把你的金碟子推过来一点儿好吗？这样我们就可以一快儿吃啦。"

很显然，小公主很不情愿这么做，可她还是把金碟子推了过去。青蛙吃得津津有味，小公主却一点儿胃口都没有。终于，青蛙开口说，"我已经吃饱了。

现在我有点累了，请把我抱到你的卧室去，盖上你的缎子被，香甜地睡上一觉吧。"

小公主害怕极了，眼前这只黏糊糊冷冰冰的青蛙，她摸都不敢摸一下。一听到他还要在自己整洁漂亮的床上睡觉，小公主终于忍不住大哭了起来。国王见小公主这个样子，就生气地对她说，"无论是谁，只要是帮助你度过困难的人，都应当受到你的尊敬。"

于是，小公主只得用两只纤秀的手指把青蛙挟起来，带着他上了楼，扔在卧室的角落里。可是她刚刚在床上躺下，青蛙就爬到床边对她说，"我累了，我也想在床上睡觉。让我也上床睡觉，要不然我就把你的行径告诉国王。"

　　一听这话，小公主勃然大怒，一把抓起青蛙，朝墙上摔了过去。

　　"这下子你就好好地睡吧，难看的死青蛙！"

　　可是，谁知他一落地，已不再是什么青蛙，一下子变成了一位王子，一位两眼炯炯有神、满面笑容的王子。直到这时候，王子才告诉小公主，原来他被一个狠毒的巫婆施了魔法，除了小公主以外，谁也不能把他从水井里解救出来。于是，遵照国王的旨意，他成为小公主亲密的朋友和伴侣，明天，他们将一同返回他的王国。

　　第二天早上，太阳爬上山的时候，一辆由八匹马拉的大马车已停在了门前，马头上都插着洁白的羽毛，一晃一晃的，马身上套着金光闪闪的马具。车后边站着王子的仆人——忠心耿耿的亨利。

亨利的主人被变成一只青蛙之后，他悲痛欲绝，于是他在自己的胸口套上了三个铁箍，免得他的心因为悲伤而破碎了。现在，亨利终于看到自己的主人解除了魔法，重新恢复了人的模样。亨利扶着他的主人和王妃上了马车，然后自己站到了马车后边去。刚走不远，王子就听到一阵噼里啪啦的声音，好像什么东西破裂了。于是转过头来喊道："亨利，车好像坏了。"

"不是的，我的主人，车没有坏，那是绑在我胸前的铁箍在咔咔作响，您变成青蛙在井里受尽磨难，我的心也在承受铁箍的痛苦。"

一路上，噼里啪啦的声音响了好几次，每次王子听到响声，都以为是车上什么东西坏了。其实不然，忠心耿耿的亨利见主人是那么地幸福，因而感到欣喜若狂，于是那几个铁箍就从他的胸口上一个接一个地崩掉了。

承诺的价值和信任的必要性

信任是任何一种人际关系的基础。没有信任，就不可能与他人建立起顺畅的、有效的关系。

您在信任他人这方面是如何做的？您是否很谨慎、充满疑虑地不敢轻易给予他人信任，还是毫无保留地把自己的信任赠予对方？您觉得孩子应该怎么做：和他人交往的过程中，孩子必须把重点放在赢得他人的信任上吗？您在孩子的面前是否经常能够起到带头作用。如果您想要了解关于信任这个话题更多的信息，请您参照"真实和谎言"与"团队精神"这两章的内容（30页和68页）。

故事复述：青蛙王子

公主把最心爱的玩具掉进了井里。正伤心的时候，一只青蛙突然从井里钻了出来，帮公主把金球捞了上来。青蛙觉得自己实在是太孤独了，于是就和公主约定：一起回王宫，一起吃饭，一起喝水，一起睡觉。

"如果我帮了你，你拿什么作为回报呢？"这句话往往出现在求助人的场面中，虽然施予帮助的人想要被帮助的人对自己的努力付出给予回报，会显得不太公平，但公主草率做出承诺的这个做法也是不可取的，因

隐喻

故事里的青蛙有何所指？青蛙属于两栖动物，既可以在水里生存，又可以在陆地上生存。青蛙是由蝌蚪变的，蝌蚪只能在水里存活。由蝌蚪到青蛙，这小小的生物经过了一次华丽的变身。因此，青蛙就成为了蜕变（变化）的代名词。西方文化中，青蛙常常和"黑暗""滑溜"连在一起，而其他文化中，青蛙则代表着幸运和富足。而童话故事中一旦出现青蛙，就必然会涉及到蜕变，就像本文中的青蛙最终变成了王子一样。

为她既没有考虑到给予她帮助的那只青蛙的感受，也没有考虑到自己随意许诺却不予以兑现将会带来的后果。从青蛙那里拿回金球后，她就飞快地跑回了家，把青蛙丢在了井边，并没有遵守自己的诺言。青蛙只能艰难地去找公主，敦促她兑现诺言。

当别人要求兑现承诺的时候，就显现出诺言的价值了。孩子必须学会这种处事原则，因为从像幼儿一样自我，到学会和谐地与其他人相处还有很长一段距离。要跨越这一段距离，孩子首先需要的就是父母为他们做出榜样，以供他们参考。因此，国王并没有因为公主是自己的女儿就偏袒她，而是要求她遵守自己的诺言："承诺了的事情，就一定要兑现"。

在国王的要求下，青蛙成功地和公主坐在餐桌上一起用餐。除此之外，他还想和公主一起睡觉，想要完全融入公主的生活。公主"恼怒极了"。

注意！这里又出现了描述情绪的词汇，这就意味着，故事情节马上就要迎来转折，新的事件就要发生了。

青蛙的要求终于打破了公主忍耐的底线，于是，小公主再也不管父亲的嘱咐，索性谁的话都不听了。（小孩子也需要有自己的隐私，他们也需要空间，也需要得到他人足够的尊重。）厌恶、疑虑、愤怒和对尊重的渴望这几种情绪交织在一起，促使公主把青蛙向墙上摔了过去。不断累积的情绪最终导致

173

请您一定要坚持这样做。

王子爱上了公主，想带着公主一起回到自己的王国。就在他们回家的路上，王子的仆人亨利胸前的铁箍断掉了；他也从束缚中解放出来了。

和承诺与之相关的一系列行为不仅左右着直接参与其中的双方当事人，而且还会对他们周围的人产生潜移默化的影响。如果公主执意不肯兑现自己的承诺，那么王子就会一直是一只青蛙，他的仆人亨利也不会摆脱铁箍的束缚。

了不良的后果，但这种后果也恰巧成为了解决一切问题的"钥匙"——不仅可以解决青蛙的问题，还可以解决公主的问题。公主释放了自己的负面情绪，并因为遵守了诺言而受到了奖赏——青蛙变成了"王子"。从此以后，王子不再受魔法的控制，还得到了一位漂亮的妻子。他们之间旧的相处模式瞬间崩塌，新的生活开始了。当孩子开始产生保有私人空间的诉求时，家长必须予以重视，尽量尊重孩子的个人意愿。尽管这样会令您和孩子之间的亲密度有所降低，对您来说或许十分痛苦，但

给孩子们的问题：

● 我们一定要遵守自己许下的承诺吗？有例外情况吗？

● 如果别人给你的承诺没有兑现，你的感觉如何？

● 给出他人承诺之前，要考虑些什么呢？

● 如果你是青蛙王子的话，会不会选择跳那么远的路，去王宫里找公主，让她兑现自己的诺言呢？

● 如果你是公主的话，会不会听国王的话？

● 为什么这位国王对公主的要求这么严格？

练习和游戏

绝对信任

两人为一组，其中一人闭上眼睛，另外一人充当"引导员"。"引导员"引导闭着眼睛的队友穿过一小片障碍区。"引导员"可以通过触碰队友身体，对其前进路线进行修正。比如右胳膊代表"向右"，左胳膊代表"向左"，胸前代表"停"，背后代表"走"。

这个游戏能够增强同组成员互相之间的信任感。"引导员"还可以用语言来引导队友："注意，马上要碰到石头了，往右边跨一小步，再向左一点……"

这个练习能够给予我们许多不同的人生体验。闭上眼睛玩儿游戏，不仅能锻炼孩子不放弃的精神，建立与孩子之间的信任，还能够让孩子体验一下盲人的世界是什么样子的。即使孩子在游戏中扮演的是引导员的角色，也能够获得许多经验。比如为他人负责的责任心、细致入微的观察能力、感同身受的移情能力，还有如何站在对方的角度上，用合适的方法去帮助对方。对孩子来说，这个游戏会给他们带来不同凡响的体验，让他们深刻感受一下成年人为自己的言行负责的感觉。

沿绳子走路

截一段绳子，把它拉直放在地上。绳子的长度要适中，太长或太短都会影响到游戏效果。请您用一块儿布把孩子的眼睛蒙起来，让他脚踩着绳子往前走，从绳子的一头走到另一头。这就需要孩子聚精会神，并且耐心地掌控自己的速度，才能完成游戏。

这个游戏中的道具——绳子，在此充当了引导者的角色，迫使孩子注意力集中，全神贯注地用脚底去感受绳子的阻力，引导自己沿着正确的路线走到终点。

团结互助

两人一组，各自伸出一只手，共同用手背把一件东西（比如厚纸板、铅笔或积木）夹起来，从屋子的这头走到那头，东西不掉落即为成功。整个过程中，双方禁止用语言进行交流，走动的速度和步伐频率都需完全依靠双方的感觉来控制。双方配合得越好，就越容易成功。除此之外，为了增加难度，还可以设定新的游戏规则，比如用手指、膝盖或脚踝来夹东西。进一步增加难度还可以要求参加游戏的双方都闭上眼睛进行尝试。

悲　伤

在现如今这个短信和微信发达的时代，一个小小的表情符号就足以表达某一类情绪：比如嘴角向上仰，表示的就是愉悦；嘴角下拉，表示的就是悲伤。然而和愉悦相比，造成悲伤情绪的因素却更加复杂，它不仅限于与父母分别，或是与爱人或宠物阴阳相隔这种大事件……

约丽丹和约雷德尔

　　很久以前，在一个茂密的大森林里，有一座古老的城堡，城堡里住着一个老巫婆。她白天有时变成一只猫头鹰到处飞来飞去，有时又变成一只猫在附近四处窜动，而晚上她又变回老巫婆。每当有年青人走进城堡一百步以内，就会被定下来，一步也不能移动，除非老巫婆亲自来，才能将他们释放；当有漂亮的少女走进这个范围，就会被变成鸟儿，然后老巫婆会把她放进一个鸟笼，挂进城堡里的一间房间里。在这座城堡里已经挂着七百个这样的鸟笼，里面关着的全是这种美丽的鸟儿。

　　有一位少女，名叫约丽丹，她长得比人们见到过的任何少女都美丽。有个叫约雷德尔的牧羊少年非常非常的爱她，他们很快就要结婚了。有一天，这对恋人想避开大家单独在一起谈谈心，便来到森林里，一边散步，一边交谈……走着，走着，突然看到前面有座城堡。

　　约雷德尔说："我们得小心一点，不要走近那座城堡。"

　　夕阳近黄昏，落日的余辉穿过葱葱郁郁的林梢，与绿色的树冠交相辉映。高高的白桦树上，斑鸠咕咕地叫着，像唱着一首首哀怨的歌。

　　约丽丹坐在草地上，凝视着落日，约雷德尔在她身边坐了下来。不知为什么他们感到一阵恐慌、心绪不安，好像彼此就要永远分离似的。他们默默地互相依偎着，又往前走了好一段路，等回过头来想寻路回家时，才发觉已经迷路了。太阳很快就要落山了，有一半已经被远山遮去。待约雷德尔蓦然回头从树丛中看过去时，才发现他们已在不知不觉中走到了城堡的城墙下面，他吓得缩微成一团，脸色苍白，身体不停地发抖。身后约丽丹却唱起歌来：

　　"柳树枝头歌飘忽，斑尾林鸽低声哭，呜呼！咕，咕，咕！失去爱侣形单孤，悲痛哀悼向谁诉，呜呼！咕，咕，咕！"

歌声突然停了，约雷德尔转过身想看看是怎么回事，只见约丽丹变成了一只夜莺，她的歌声也变成了"咕，咕，咕"的悲鸣。此刻，一只眼睛冒着火焰的猫头鹰围绕着他们飞了三圈，叫了三声"嘟呼，嘟呼，嘟呼！"

听到这声音，约雷德尔马上被定住了，他像一块石头一样站在那儿不能哭泣，不能说话，手脚也不能动。这时，太阳已完全消失在天边，黑夜降临了。那只猫头鹰飞进树林，不一会儿一个老巫婆走了出来，她那尖瘦的脸上毫无血色，血红的眼睛里闪着阴森的光芒，尖尖的鼻子和下巴几乎快连在一起了。她咕哝着说了些什么，抓住夜莺便离去了。可怜的约雷德尔眼见夜莺被抓走却无能为力，因为他自己也不能说一句话，不能移动分毫。

过了一会儿那老巫婆又回来了，用嘶哑的声音唱道："失去自由的人如囚犯，她命中注定有此难，待在这儿吧，睁大眼！一旦魔法把她缠绕，咒语便已在她身上应验。快走吧！待在这儿亦枉然！"巫婆唱到这里，约雷德尔忽然发现自己又能动了，他马上跪在老巫婆面前，恳求她放回自己心爱的约丽丹。但老巫婆却说，他再也别想见到约丽丹了，说完就离去了。

他祈祷，他哭泣，他伤心，可一切都是徒劳的，他叹息道："哎，我该怎么办呀？"约雷德尔没有回家，而是来到一座陌生的农庄，为当地人牧羊。他整天想着他的约丽丹，经常到那座可恨的城堡附近绕圈子，希望能救出他的心上人，可又不敢走近。

终于有一天晚上，约雷德尔梦见自己发现了一株美丽的紫红色花朵，花的中央嵌着一颗闪闪发光的大珍珠，他采下这朵花捧着它走进了城堡；又梦见凡是用这朵花碰过的每一样东西都从魔法中解脱出来了，他也终于找到了心爱的约丽丹。

醒来后，约雷德尔开始翻山越岭地寻找梦中见到的美丽花朵。他整整找了八天，却一无所获。终于在第九天清晨找到了这朵美丽的紫红色花朵，花儿中间滚动着一颗大大的晨露，就像一颗闪闪发光的大珍珠。他小心翼翼地把花采了下来，捧着花不分昼夜地赶到那座城堡。

当他走近离城堡不到一百步的地方，并没有像上次那样被定住，竟还能动，于是他径直走到城门前。约雷德尔用花碰了碰门，门一下子就弹开了。看到这情况，他非常高兴，顿时信心倍增。

进了城堡后，他听到许多鸟儿的叫声，仔细听了一会儿，便来到了巫婆待的房子。房子里有七百个鸟笼，笼子里关着七百只鸟，巫婆正在给它们喂食。看到约雷德尔，巫婆非常愤怒，她大声咆哮着扑

了上来，在离约雷德尔两米的地方，竟无法再接近他一步，因为他手中的花朵保护着他。约雷德尔扫视了一下笼子里的鸟儿，哎呀！鸟笼里关着的都是夜莺，怎样才能找出约丽丹呢？正在他想着该怎么办的时候，那老巫婆取下一个鸟笼向门外逃去，约雷德尔立即向老巫婆猛冲过去，用花向那鸟笼碰去。这一碰，他的约丽丹马上站在了他的面前，她伸出双臂抱住了约雷德尔的脖子。约丽丹看起来还是那么漂亮，还是和在森林里一起散步时一样美丽。随后，约雷德尔用那紫花碰了所有的鸟，她们都恢复了少女的原貌。少女们一起向约雷德尔道谢。与她们一一告别后，约雷德尔带着他亲爱的约丽丹回到了离开已久的家，他们结婚后过着幸福的生活。

历经苦痛，解脱释然

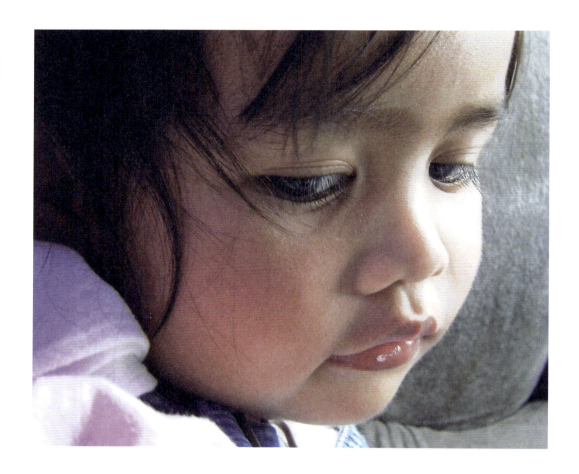

除了像分离、丧失、失败等一些相对重大的事件之外，无论是大人还是孩子，还会因为一些小事而痛苦：思乡、乔迁、友谊破裂、丢失心爱的玩具等等。

尽管悲伤情绪是我们想要尽量避免的，但不可否认的是，适度的悲伤是能够帮助我们从分离和失去的持续性痛苦中解脱出来的一种途径。

悲伤有许多种表现形式，第一眼未必能够看得出来，往往是过了一段时间才能感受得到。请您注意观察孩子：除了在孩子经历了重大事件或损失的时候关注孩子的情绪，还要在孩子受到那些看似很轻微的挫折时给予关心，比如与朋友争执或丢失心爱之物。任何一件孩子原本很熟悉的东西丢失了，都会导致孩子陷入悲伤情绪中。孩子是否比平常更沉默寡言、内向收敛？又或许比平常更加烦躁易怒、胡闹哭喊，显得非常无助，深陷自责情绪中无法自拔。亦或食欲锐减、拒绝饮食。也可能会完全走向另一个极端：暴饮暴食。除此之外，失眠、头痛、肚子痛，或关节痛这类身体上的症状，也有可能是内心悲痛情绪的外在表现。因此，一旦孩子出现这些症状，在家长的帮助下仍然无法缓解的话，请务必求助医生，予以诊治。

苦痛让我们更强大

请您务必要严肃认真地对待孩子的感受。告诉孩子，苦难也是生命的一部分，我们每个人都想被理解。您最好能柔声细语、用轻松的口吻询问孩子，了解他最近是否有何压力。如果孩子需要一段时间，才能将他的痛苦告诉您，或一开始就下意识地保护自己，拒绝回答您的问题的时候，请您不要强迫孩子，而是要尽量尊重孩子的选择，给他一点儿时间和空间。把自我治愈悲伤和打开心扉、求助他人这两种方法相结合，就是克服悲痛情绪的最佳手段。

无论是失去了心爱的宠物，还是离开了熟悉的生存环境或熟悉的

消除悲伤，下面这些方法或许可以帮助您：

- 允许自己和孩子有适度的悲伤情绪，不要试图完全消灭这种情绪。

- 孩子们需要一些信息反馈来证明他们对成年人情绪的感知是正确的。不要告诉孩子悲伤是一种不应该有的情绪，并试图用这样的论断来给孩子安全感。最好能告诉孩子，要相信自己的感觉。

- 帮助孩子学会如何表达自己的感觉：语言，图画，或者拇指布偶戏等等，对于孩子来说，清晰地描述出悲伤的感觉是非常艰难的一件事。

- 请您避免对孩子说"你现在还理解不了"或者"你还小"。请您选择简单的、适合儿童的语言和孩子进行交流。孩子对悲伤这种情绪也有自己的解读，因此，您可以举一些孩子所熟知的例子，用类比的方法来向孩子进行解释："如果皮特不想和你继续做朋友了，你会有什么感觉？"

- 悲伤的情绪无论是出现在您身上还是孩子的身上，请您要相信自己和孩子，只要你们团结一致，就能克服它。如果只凭借自身的力量无法从痛苦中解脱，请您千万不要忘记从亲朋好友或专业人士那里求得帮助。

- 死亡一方面是过去生活的结束，另一方面却意味着新生活的开始。或许，这样的新的开端正是您汲取新力量的源泉？

人，每个人从悲伤情绪中解脱出来都需要时间，这段时间的长短是由各自的个性决定的，与所经历的事情大小无关。

最典型的例子就是本章讲述的这个童话故事约丽丹和约雷德尔。

 # 故事复述：约丽丹和约雷德尔

这是一个和战胜悲伤有关的故事。尽管这两位主人公对现状非常满意，并深爱对方，但他们知道，日常生活中会有许多挑战，甚至是危险需要他们共同面对。

我们知道，生活中总有些让我们悲伤的事情，正是这些事情激发了我们面对困难的勇气和决心。在约丽丹和约雷德尔的人生中，会魔法的女巫就是给他们的幸福生活造成威胁的因素。这对年轻的恋人非常清楚这样的危险就在周围。尽管约雷德尔也想要尽量远离这条路，但是，不幸的事情还是发生了：他们离女巫的宫殿太近了，约雷德尔被定住不能移动。

隐喻

放牧即自我审视、内省的过程。放牧人长时间独自和动物在一起，有足够的时间来思考人生、感知自我。本则故事中的动物代表着驱动力，而放牧这个行为意味着，主人公约雷德尔正在学习着如何为自己和他人负责，感知到自己内心的动力，生发出新的希望和需求。

恐惧和悲伤让约雷德尔觉得非常无助。恐惧把他变成了"石头"，无法表达出自己的感受。他不能跑，不能哭，也不能把自己的害怕说出来。只有和女巫攀谈后，他才重获自由，慢慢地从石化状态中恢复过来。

这时的约雷德尔不能再逃避了，他必须和女巫对话，解救他的爱人。于是，他大声抱怨，大声哭泣，幻想着这一切如果没有发生该多好啊。渐渐地，这位年轻人明白了，他必须接受眼前这个现实，将悲伤深埋心底，找一份放

牧的工作，好让自己在孤独中细细梳理一下思绪，好好想一想办法。

从悲伤和痛苦中解脱对于他来说是一个很大的挑战。他多次回到宫殿附近，想要把自己从痛苦中解救出来。他围着宫殿不停地跑，从各个不同的角度去观察它。

突然有一天，约雷德尔做了一个梦，他梦见了一朵带着魔法的花儿，这朵花儿可以帮他解决一切问题，将他从痛苦的深渊中解救出来。约雷德尔明白，自己的内心已经有了解决问题的办法，这朵花就是他内心生发出的力量。而那颗大大的露珠正像是一面镜子，照出他当下的心境，同时也向读者证明了这朵花确实是一朵真实的花。

约雷德尔相信了自己的梦境，听从了内心的声音和力量，收起了低落沮丧的情绪，重新变得积极乐观起来。他学会了如何让自己的生命变得更有意义，以及如何克服困难，战胜悲伤情绪。最终，他解救了爱人约丽丹，战胜了邪恶的女巫，摆脱了苦痛。

第二次见到女巫时，约雷德尔已经成长为一个成熟的男人了。他不再因恐惧害怕而无所作为，而是选择主动出击。通过细致观察，他发现女巫在给这些鸟儿喂食。他立刻就明白了，他的爱人约丽丹一定就在它们中

间。最终，约雷德尔把自己的爱人解救了出来。

悲伤的不同阶段

本则童话故事向我们说明了，悲伤情绪有许多不同的表现形式，也有不同的阶段：

● 惊恐，不愿意面对
● 情绪爆发
● 审视自我
● 逃离，离开，汲取新的力量
● 新的开始

这一过程向我们展示了悲伤的不同阶段，其中，花费时间、开辟空间去寻找内心的力量是战胜悲伤情绪最关键的一步。

给孩子们的问题：

● 为什么女巫要把女孩儿变成小鸟儿锁进笼子里？

● 她囚禁这么多鸟儿要干什么？

● 约丽丹是怎么变成一只小鸟儿被关进笼子里的？如果你是约丽丹的话，你的感觉如何？

● 约雷德尔感觉如何？为什么他不能当下就把约丽丹救出来？

● 你觉得约雷德尔用来解救所有女孩子的那朵花儿是什么？

● 所有的鸟儿都走了，你觉得女巫会怎么样？

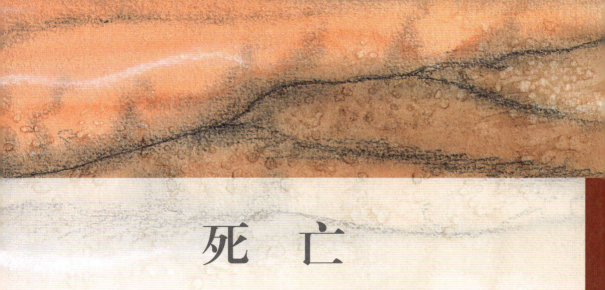

死 亡

　　也许您的孩子正在经历人生中第一次面对死亡，比如失去家人或心爱的宠物，或感同身受发生在其他小朋友身上的不幸。遇到这种情况，父母们往往试图避开死亡这个话题，认为这样做能够保护孩子的心灵不受伤害。但这样的做法真的正确吗？

死神的使者

远古时代，有一位巨人，他漫步在乡间的大道上，突然一个陌生人跳到他面前说："站住，不许再往前走一步！""什么？"巨人叫道，"你这小东西，我两根指头就能把你捏死，你敢挡我的路？你是什么人，敢口出狂言？"

"我是死神，"陌生人回答说，"没有人能反抗我，你也必须服从我的命令。"但巨人拒绝了，和死神打斗起来，这是一场持久而激烈的战斗，最后巨人占了上风，一拳击倒死神。死神颓然瘫倒在一块石头旁。

巨人凯旋而去，死神一败涂地，他太虚弱了，竟然连爬都爬不起来了。

"现在我该怎么办呢？"他说，"如果就缩在这个角落里，世上就没人会死，那么必定会人满为患。"这时来了位朝气蓬勃的年轻人，一路引吭高歌，并且在举目四望。一看见这个半死不活的人，马上关切地走了过来，扶起他，从自己的瓶中倒了口水给他，看着他恢复了几分力气。

陌生人边爬起边说："你可知道我是谁吗？你知道你帮了谁吗？"

"不，"年轻人说，"我不认识你。"

"我是死神，我从不放过任何人，你也不例外。但为了表示我的感激之情，我向你保证绝不出其不意地将死亡降临于你，我会在来取你性命之前派我的报信使者通知你。"

"好的，"年轻人说，"能知道自己的死期就足够了，至少在这以前我不用提心吊胆的。"

然后他愉快地走了，无忧无虑地生活着。但青春和健康不会长久相伴，很快病痛与悲哀都来了，它们开始一天天地折磨他。

他自言自语道："我不会死的，因为死神还没来，真希望这病痛缠身的痛苦日子赶快结束。"后来他的病好了，又过上了开心的日子。

有一天，有人拍了拍他的肩膀，扭头一看，发现死神就站在他身后。"跟我来，你和这个世界告别的时刻已经到了。"

"什么？"这人问道，"你怎能食言？你不是保证说你本人来之前会派信使来吗？""别作声！"死神说，"我不是接二连三地差信使到这里了吗？寒热不是来打你、推你、摔倒你了吗？晕眩不是弄得你头昏脑胀吗？痛风病不是折磨你四肢吗？耳鸣有过吗？牙痛时不曾面颊发肿吗？而且，我的兄弟'睡神'不是每晚向你提起我吗？夜里，你难道不是像死人那样地躺在那吗？"这人无话可说，只得听天由命，跟着死神走了。

阴影诱发恐惧

小孩子通常不会把死亡看做是对生命的巨大威胁，刨根问底地向大人询问它对生命的意义是什么。为了保护孩子免于承受成年人面对死亡时所产生的那些痛苦，父母们往往选择把孩子与这个话题隔离开来，对死亡这个话题三缄其口，不予讨论。

即使对于年龄稍大一点儿的孩子来说，死亡也不是一件容易理解的事情。直观清晰是帮助孩子理解的重要因素，它可以消除模糊想象所带来的恐惧。只有当孩子清楚地看到您的悲伤，才能够理解您的内心发生了什么样的变化，才能够更准确地理解当下的情景。

如何说，以及说点儿什么好？

首先孩子需要一个让他足够信任的人，这个人要能够严肃诚恳地对待孩子们提出的问题。即便某个话题让他很生气，他也能够耐住性子。所以请您一定要营造一个开放、严谨、温暖的谈话氛围。

教会孩子这样对待死亡：

- 不要否认死亡的存在，借用生活中遇到过的小事来向孩子渗透这一概念：躺在路边死去的小动物，电视上播放的动物世界，熟人圈里意外去世的例子，还有不断轮回的一年四季，这些都是绝佳的借用符号。我们欢庆生命的降临，也哀悼灵魂的陨落。这就是人生。

- 把您的悲伤情绪毫不遮掩地展示在孩子的面前。请您相信，孩子一定能够理解这种情绪。如果您想提前知道孩子会有哪些反应，请您参考176页"悲伤"一章中的内容即可。

- 请您不要刻意避免直接使用死亡这个词，而用一些隐晦的说法来代替，比如"奶奶永远睡着了"。因为这样的隐喻会让孩子害怕自己一旦躺下睡觉就永远起不来了，或因为不想要失去父母而整晚打扰您的睡眠。"奶奶去很远的地方旅行。"这样的说法也不科学，因为它也没有让孩子明白死亡就是生命的终结这个道理。为了杜绝让孩子抱着错误的希望，您最好能这样说："奶奶去世了，也就是说，我们再也见不到她了。我真的很伤心。"

- 孩子一般想象不出死去是什么样子。或许您可以让孩子观察一下家中死去的小狗小猫，让孩子总结出尸体的特点："你看看，它的眼睛已经闭起来了，不再呼吸了，也没有心跳了。身体也越来越冰凉。"

- 给死亡一个合理的"解释"：如果大家都永远活在这个世界上，那么就不会再有小宝宝出生了，但大自然赋予人类的天性就是要我们繁衍后代，所以我们也必须接受年老的人以死亡的方式离开这个世界。

- 请您告诉孩子，通常情况下，只有重病缠身、耄耋高龄的人才会面临死亡的威胁："只有意外事件或重大疾病才会导致年轻人死亡。年轻人比老年人更有活力，所以英年早逝的可能性很小。"

作为家长，您对自己的孩子最了解不过，因此可以完全掌握谈话的深度，以及判断中场休息的合适时机。

下列这些建议可以帮助您更好地向孩子解释这个话题。

告别是艰难的

现代社会中，很少会像过去那样，在屋子里停灵几天，孩子们也就很少有直接观察死者的机会。因此，遗体入土前的告别仪式，在孩子认知死亡的过程中扮演着很重要的角色。专家建议

孩子的悲伤与大人不同

请您在某位亲朋去世后，将这个消息告诉给孩子，并与孩子进行一场谈话。注意在向孩子描述死亡时，不要运用那些会令孩子感到恐惧的词汇和表达方式。或许您的孩子对这个话题并没有兴趣。孩子的悲伤与成年人不同，可能上一秒还在伤心痛哭，下一秒就能破涕为笑。请家长们用心去发现自家孩子悲伤的方式和延续的时间吧。

家长不要询问孩子是否愿意一起去参加葬礼，尽量正常的对待这件事情，就像您不可能在给长辈过寿辰的时候问孩子愿不愿意去一样。让孩子自己写一封告别信，画一张画，或者采一朵花，这些都可以作为孩子赠予逝者的告别礼物，并由孩子亲手将礼物放入坟墓中。

也请您将自己对死亡的认知讲给孩子听，这可以给予孩子安慰和力量。并帮助孩子发挥自己的想象力。比如，死去的人有可能站在云端，低头看着这个世界；也有可能在云朵里面滑雪……如果能给予孩子安慰，那么请您启发孩子发挥自己的想象力。

怎样做能帮助您呢？

当您自己经历死亡或悲痛无法自拔时，请您向亲戚、朋友或者心理治疗师求助。一些涉及到死亡这个话题的儿童书籍或许也可以给予您一定的帮助。

故事复述：死神的使者

有一天，死神想要取一位巨人的性命，巨人看到死神比自己个子小，又一副柔弱无力的样子，就不想听他的话。他们打了一架，巨人把死神打伤，赢得了这场战斗。

死神想，巨人已经破除了自己不可被战胜的神话，逃脱了死亡的命运，如果这个世界上人人都像巨人一样永生不死，那会变成什么样子。过不了多久，就会人满为患，这个世界将不堪重负。因此，死神为自己宽心：

他必须维护好整个世界的平衡。这时，一位年轻人看到受伤倒在路边的死神，上前把他扶了起来，死神对他说："我是死神，你不要以为帮助了我，我就能饶过你。"死神不想给任何人例外，因为他觉得自己的工作对维护世界稳定颇为重要。

但是，为了感谢这位热心的年轻人，死神承诺不会毫无预兆地夺取对方的生命，而是会让自己的使者来通知年轻人，让他做好准备后再面对死亡。

死神的这一承诺很实用，因为许多人都很怕毫无预兆地就见到死神。而好好地准备死亡，在"合适的时机"迎接死亡的到来，对于许多人来说无疑是一种近乎奢侈的要求。

177.
Die Boten des Todes.

Vor alten Zeiten wanderte einmal ein Riese auf der großen Landstraße, da sprang ihm plötzlich ein unbekannter Mann entgegen, und rief 'halt! keinen Schritt weiter!' 'Was,' sprach der Riese, 'du Wicht, den ich zwischen den Fingern zerdrücken kann, du willst mir den Weg vertreten? Wer bist du, daß du so keck reden darfst?' 'Ich bin der Tod,' erwiederte der andere, 'mir widersteht niemand, und auch du mußt meinen Befehlen gehorchen.' Der Riese aber weigerte sich, und fieng an mit dem Tode zu ringen. Es war ein langer heftiger Kampf, zuletzt aber behielt der Riese die Oberhand, und schlug den Tod mit seiner Faust nieder, daß er neben einen Stein zusammensank. Der Riese gieng seiner Wege, und der Tod lag da besiegt, und war so kraftlos, daß er sich nicht wieder erheben konnte. 'Was soll daraus werden,' sprach er, 'wenn ich da in der Ecke liegen bleibe? es stirbt niemand mehr auf Erden, und sie wird so mit Menschen angefüllt werden, daß sie nicht mehr Platz neben einander zu stehen.' Indem kam ein junger Mensch des Wegs, frisch und gesund, sang ein Lied, und warf seine Augen hin und her. Als er den halbohnmächtigen erblickte, gieng er

隐喻

与死神搏斗是一种很古老的隐喻手法，在现代文学和电影中，您仍旧能够找到它的痕迹。这样的场面会十分吸引读者的注意。因为通常情况下，死神是不可能被打败的。与死神遭遇的时候，大部分情况下都会安排一个约定的情节。

这位年轻人对死神的承诺很满意。这样一来，他就可以准确地知道自己哪一天离开人世，可以尽情享受活着的日子。后来，年轻人生病了；发烧、晕眩和痛风让他痛苦不堪。但他并没有在意，也没有细细思量这些信号意味着什么，更没有想到这些就是死神给他派来的使者。突然有一

天，死神站在年轻人的面前，想要带他走。年轻人非常惊讶，他指责死神没有遵守诺言，自己并没有接到任何使者的通知。但死神却斩钉截铁地说自己已经派了好多使者来通知过他了：每一次生病和每一阵痛楚都是他派出的使者。年轻人这才恍然大悟，心甘情愿地跟着死神走了。

他知道，每个人都有被死神带走的一天，无论我们如何反抗，都不会改变这个事实。没有死神，这个世界上就不会有新生命诞生，所以，死亡和新生是不可分割的共同体。

给孩子的几个问题：

- 为什么巨人能够威胁到死神？
- 为什么那位年轻人帮助了死神，最后还是被夺走了性命？
- 你在哪里遇见过死神？（花、四季、动物……）
- 对死亡怎样理解才能让你不再悲伤？

让孩子领悟死亡

"葬礼"游戏

父母已经习惯让孩子在角色扮演游戏中学习。"爸爸、妈妈、孩子"、商店、厨房……孩子会在游戏中模仿日常生活中的各种场景。

当父母看到孩子在为自己的玩具举办"葬礼"的时候，往往会很吃惊。也许游戏中的"葬礼"有朝一日会成为现实，孩子假设中的场景会真实地摆在他的面前。

通过模仿日常生活中的场景，孩子就能够理解真实的场景，感同身受地参与其中，有时候甚至能够在游戏中体验真实场景中悲痛的感受。这样一来，通过游戏就能够帮助孩子们理解现实生活中的葬礼，以及它的特殊含义、细细梳理自己的感受、从整体上把握现实中的葬礼场景。

如果有一天孩子的玩具突然不见，或是您发现孩子平日里最喜欢的玩

具平躺在沙盘里，周围摆满了鲜花，请您不要吃惊，也不要慌张。

如果孩子没有完全理解死亡的含义，那么过一段时间，他就又会把玩具拿出来继续玩过家家。

葬礼

家里的宠物去世了，和它告别最好的方式就是为它举办一场葬礼。您可以和孩子一块儿找一个地方——花园里、森林里都行，把宠物下葬。也可以在准备葬礼过程中给宠物穿衣服、唱挽歌或写挽联、编花篮、做贡食等等。您的孩子可以在纸上画一个圆圈，用来代替宠物的棺材。如果条件不允许，您可以简化葬礼的程序。比如免除和孩子一起带着宠物去宠物医院这一步，在家里举办一场告别仪式即可，让孩子意识到自己的宠物已经去世了的这个事实。

警　惕

现如今，我们的生活中每时每刻都受过往经验的影响，而且这种影响还有可能改变我们的下一个人生阶段。这种有意识的影响既不能说是绝对好的，也不能说是绝对差，而只是一种能够帮助我们有意识地在下一人生阶段获取经验的过程而已。这种有意识的获取经验的过程就是警惕。

狼和七只小羊

    从前，有一只老山羊，她有七个孩子。老山羊非常爱自己的孩子们。有一天，她要去森林里为孩子们找吃的，于是就在临走前嘱咐七只小山羊："好孩子们，妈妈要去森林里找食物。你们一定要紧闭门窗乖乖在家，一定不能让狡猾的大灰狼进门来，否则它会将你们全部吃到肚子里面。狼很狡猾，经常会把自己伪装起来，但你们可以通过声音和黑黢黢的大脚认出他来。"小山羊们齐声答道："放心吧，亲爱的妈妈，我们一定会小心。"听到孩子们这样的回答，山羊妈妈就和孩子们道别，放心地上路了。

    山羊妈妈走后不久，屋子里的小山羊们就听到了敲门声，有人在外面大喊："乖孩子们，快把门打开，妈妈回来了，快来瞧瞧妈妈给你们带回来什么好吃的东西！"小山羊们一听到这粗哑的嗓音，就知道站在门外的绝对不是山羊妈妈，而是狡猾的大灰狼。

"我们不会给你开门的，"小山羊们回答道，"你根本不是我们的妈妈，她的声音清脆好听，你的声音粗哑难听；你是狡猾的大灰狼。"

为了让自己的声音变得像山羊妈妈，大灰狼跑进一家小商店，买了一大包粉笔，一口吞下去，这才让自己的声音变得甜美了一些。于是，他又来到七只小山羊的门前，一边敲门一边喊道："乖孩子们，快把门打开，妈妈回来了，快来瞧瞧妈妈给你们带回来什么好吃的东西！"

小山羊们从窗口往外看了看，一下子就看到了大灰狼又黑又粗的大脚，于是，小山羊们回答道："我们不开门，妈妈没有这么黑的一双脚；你一定是狡猾的大灰狼！"

听到这话，大灰狼又跑进一家面包店，对面包师说道："我不小心碰伤了脚，借我点儿面团用一下"。大灰狼用面团把脚裹得严严实实，走到一家磨坊里对磨坊主说道："把你的面粉洒在我的脚上"。

磨坊主想："这只狡猾的大灰狼一定又想骗人了"，于是就拒绝了大灰狼的要求。不料，恼羞成怒的大灰狼却威胁磨坊主道："你胆敢不听我的话，现在就吃掉你！"磨坊主很害怕，就拿出面粉，洒在大灰狼的脚上，把他的脚弄得和山羊一样白。

可恶的大灰狼第三次来到小山羊的门前，敲了敲门喊道："乖孩子们，快把门打开，妈妈回来了，快来瞧瞧妈妈从森林里给你们带回来什么好吃的东西！"

小羊们回答道："我们看看你的脚，就能知道你是不是妈妈"。

大灰狼把脚从窗户伸进去，小山羊们看到了一双白白的脚，于是，他们相信了大灰狼的话，把门打开。不料进来的却是大灰狼。小山羊们惊慌失措，到处躲藏。第一只钻进桌子下面，第二只跳上了床，第三只藏进壁炉，第四只躲进了厨房，第五只闪到柜子里面，第六只一头扎进浴缸，第七只藏进了摆钟下面的箱子里。但大灰狼把小山羊们一一找了出来，二话不说就一个接一个地把它们吞进肚子里；只有最后一只躲在摆钟箱子里的小山羊躲过了一劫。大灰狼填饱肚子后，就走出了屋子，惬意地躺在树荫下的草坪上，沉沉地睡了过去。

　　不久之后，山羊妈妈从森林里回来了。眼前的景象让她惊呆了！房门大开，屋子里的桌椅乱七八糟，锅碗瓢盆碎了一地，被子枕头也都扔在地上。山羊妈妈连忙在屋子里寻找自己的孩子们，可是找遍了整个屋子，都不见孩子们的踪影。她一边找一边喊着孩子们的名字，但却没有任何回应。终于，当她叫到最后一只小羊的名字时，听到了一声微弱的回答："妈妈，我藏在摆钟箱子里"。山羊妈妈赶快把摆钟箱子打开，最小的山羊把发生的一切告诉了妈妈，告诉妈妈大灰狼是如何哄骗他们，让他们把门打开，然后把哥哥们一个个吃掉的。小朋友们想象一下，山羊妈妈听到这个噩耗的时候是多么悲痛啊！

　　山羊妈妈带着满腔的悲痛，领着幸存的小儿子，一起去找大灰狼报仇。只走了几步，山羊妈妈就看见大灰狼躺在树荫下的草地上呼呼大睡，连天的鼾声把树枝震得不停地抖动。山羊妈妈仔细打量了一下熟睡中的大灰狼，发现大灰狼的肚皮一会儿凸起来，一会儿凹下去，似乎有什么活物在里面挣扎。山羊妈妈想，难道是自己那些可怜的孩子们在狼肚子里挣扎？

　　想到这里，山羊妈妈仿佛又有了希望，她赶快跑回家，拿了一把锋利的剪刀和针线。趁着大灰狼熟睡不醒，用剪刀剪开了狼肚子。刚刚剪开一个小口子，一只小山羊就跳了出来，口子越剪越大，被大灰狼吞进肚子里的六只小山羊一个接一个都蹦了出来。原来呀，贪得无厌的大灰狼是将这些小山羊囫囵吞下的，所以小山羊们才能保住性命，毫发无损地重新见到山羊妈妈。

　　多么幸运的一家人啊！狼口脱险的小羊山们热烈地拥抱着自己的妈妈，高兴地蹦来蹦去。

　　山羊妈妈说道："孩子们，我们去河边捡一些石头，趁大灰狼还在睡觉，把这个坏家伙的肚子塞满。"

七只小山羊赶快去河边捡了许多大石头，一股脑儿地都塞进了大灰狼的肚子里。山羊妈妈飞快地穿针引线，将大灰狼的大肚子缝了起来，动作轻柔到熟睡的大灰狼都没有一丝察觉。

过了很久，大灰狼醒了过来。肚子里的大石头让大灰狼感觉到很是口渴，于是，他来到了河边，想要喝口水。可是，当他抬起腿想要走路时，却发现自己的步伐摇摇晃晃，肚子里的石头碰来碰去，他难受地叫喊道：

"什么东西在我肚子里叽里咕噜来回滚？应该是吃下去的七只小羊，但小羊也不应该和石头一样硬啊"。

大灰狼摇摇晃晃地走到河边，把头伸进了河里，想要喝口水，不料，肚子里面的大石头压了下来，一下子将他坠进了河里。躲在一旁的小羊们看到了，高兴地叫道："大灰狼死啦！大灰狼死啦！"和山羊妈妈一起站在河边快乐地跳起了舞。

警觉的好处

警觉的人能够感知到生活中细微的变化，甚至能够提前感知危险，保护自己的安全。

警觉的人能够准确地感知对方的身体语言，以及周围环境中的声音、变化和味道，而不会武断地用"好"或者"坏"来区分一切事物。

通常情况下，家长都倾向于引导孩子学会快速做决定、控制自己的情绪、尽量不受情绪的影响，这些要求看起来似乎很符合社会对一个成年人的要求，但这种教育方法往往会导致孩子出现不满厌倦、疲惫不堪的情绪，严重的甚至会导致身体上的不适，如身体疼痛、精力不济等症状。伴随这些症状的往往是错误的决断。

警觉是"内心声音"的好朋友，会帮助我们更敏锐地识别和预估生活中的各种危险。在如今这个互联网时代，每个人都必须具备在与对方不见面的情况下通过简单的沟通来判断和谁继续交换信息，和谁取消交换信息的能力，因此，这种能力对于拓宽我们的社交圈就显得尤为重要了。

让孩子变得敏锐起来，注意从互联网中捕捉信息。学会感知别人内心的真实想法，从而避免自己像"狼和七只小羊"这则故事中的小山羊们一样，陷入到危险的境地中。

故事复述：狼和七只小羊

有一天，山羊妈妈要去森林里为自己的七个孩子寻找食物，走之前，她千叮咛万嘱咐，让孩子们在自己不在家的时候，一定要小心狡猾的大灰狼：一旦放他进来，所有人都会没命。山羊妈妈告诉孩子们，大灰狼的声音很粗哑，大脚黑黝黝的，他们可以从这两个特点上认出大灰狼来。

山羊妈妈走后不久，大灰狼就来到了小山羊们的家门前，想要骗小山羊们把门打开。小山羊们听了听大灰狼的声音，看了看他的脚，一下子就戳破了大灰狼的阴谋。但单纯的小羊们也在无意中告诉了大灰狼，怎么样伪装自己，就能让小羊们打开大门。狡猾的大灰

隐喻

本则故事中的主角是小山羊，这是因为小山羊和小孩子有着很多的共通之处。他们对新事物都有着很强烈的好奇心，生活态度都很乐观，最重要的是，他们都喜欢：探索新事物。

狼用面团把自己的脚裹起来，和山羊妈妈一样白；又吞了一大包粉笔，让自己的声音变得清脆好听起来。伪装成功后的大灰狼，很容易地就让小羊们把门打开了。尽管山羊妈妈已经把自己能够想到的防御方法都告诉了小羊们，但还是没能让孩子们躲过厄运。小山羊们还是让大灰狼进了门。

隐喻

故事中将小山羊们吞下肚子的狼的形象经常出现在童话故事中，比如小红帽。小红帽中的狼把小红帽的外婆吞进了肚子里。吞进肚子是在为之后的解救情节做铺垫。从狼肚子里解救出来就意味着"新生"，重生之后就可以开始新的生活了。如果狼不是一口吞下，而是细嚼慢咽，那么无论是小羊还是小红帽的奶奶，都不可能重获新生了。

成年人都会告诉孩子们这个道理："不要和陌生人说话，不要跟着陌生人走，不要拿陌生人给的东西"。但这个世界上总有父母照顾不到的地方，因此，保护孩子最好的方法就是让孩子自己变得强大起来，独自面对危险，解救自己。家长应让孩子学会警惕，学会判断谁是可信之人。网络世界中，这一能力的重要作用会更加凸显出来。但这样的警惕不应只停留在表面功夫上。如同故事中的小山羊们，表面上拒绝了大灰狼，实则给了对方提示。如果小羊们足够警惕，那么就不会被大灰狼钻了空子。

小山羊们惊慌失措，到处躲藏，但却无济于事。除了最年幼的那只小山羊，其他的六只都被大灰狼找了出来，一只一只地吞进了肚子里。饱餐之后，大灰狼心满意足地睡着了。

山羊妈妈回家后，只找到了最小的那只小山羊。最小的小山羊把刚才发生的事情都告诉了妈妈。山羊妈妈找到了熟睡的大灰狼，看到他的肚子不停地起起伏伏，于是就赶快找来了剪刀，剪开了大灰狼的肚子，救出了她的孩子们，又把几块儿大石头装了进去。大灰狼醒来后，被肚子里的大石头坠进了河里淹死了。

这次经历一定会使小山羊们学会警惕，不再容易上当受骗，"获得重生"后的小山羊们会将这次的经验教训永远铭记于心。

这则童话故事用如此戏剧化的结局告诉我们，一个人走向成熟的路上少不了犯错。

给孩子们的问题：

● 小羊们怎样做才能保护自己，不被大灰狼吃掉？

● 为什么大灰狼要把小羊一口吞到肚子里，嚼都不嚼一下？

● 为什么大灰狼没有找到最小的那只小羊？

● 山羊妈妈回到家找不到自己的孩子们，猜一猜她会是一种什么感觉？

● 为什么山羊妈妈要往大灰狼的肚子里塞石块儿？

● 大灰狼掉进了河里，山羊妈妈和小山羊们为什么会那么高兴？

怎样才能做到警觉?

锻炼孩子警觉能力的游戏和练习有很多,为了节省时间,提高效率,本书中只列举几个练习,旨在让孩子学会抱有警惕心。您需要多加练习,才能掌握其中的真谛。

第一个练习是给家长的:请您一定要有耐心,陪同孩子身体力行地完成所有的练习,并且能够以身作则地在日常生活中严格遵守规则!不要企图走捷径。警惕心的表现有很多种,练习的过程就是我们的目标!

锻炼警惕心的练习

- 控制呼吸法：去接电话之前或在超市收银台前排长队的时候，请您用腹式呼吸的方法呼吸三到四次。您是否觉得整个身体的肌肉都放松了？把这种方法教给您的孩子，让孩子学会在日常生活中运用这一方法，比如在课间十分钟的时候练一练。坐的时间越长，呼吸就越阻滞，这样的呼吸练习法会令练习者关注到自身的感受——许多人会感觉到放松，思维也会变得"清爽"起来。

- 草莓练习法：在嘴里放一颗草莓，闭上眼睛，用舌头去感知口腔里发生的变化。唾液是如何慢慢分泌的，草莓尝起来滋味如何？吧唧吧唧嘴，轻轻地咬几下，直到最后把这些草莓吞下去。还可以用葡萄干、巧克力等食物来代替草莓。

  把这一练习方法运用到吃饭上：眼前的食物闻起来味道如何，用嘴巴咀嚼的时候它们会发生什么样的变化？请您和其他的家庭成员一起来做这个游戏，互相交流感受。

- 请您突然"定住"一会儿不动，感受一下刚才是怎么站着/躺着的，同时考虑一下这些问题：刚才您的脚是怎样接触地板的？屁股、肩胛骨都是如何动作的，胳膊、肩膀、手……呢？

  在您回答完这些问题之前，请保持原地不动，并想一想接下来想要怎么样动，为什么要这样动，最后再付诸行动。

- 放空：坐着或躺着，把手放在肚子上，感觉一下它上下起伏的节奏。心中默念："吸气，呼气"。您感觉如何？有什么异样的感觉？如果您还感觉不出来，那就请您放空所有意念，重新开始。脑子里都是"吸气呼气"，就不会想别的了。

- 和孩子一起练习如何捕捉感觉。比如高兴得上颚发痒、喜悦得肚皮发痒、悲伤的喉咙发紧，以及怒火中烧等等，和孩子一起仔细感知这些时刻。

- 推荐两个游戏"我能看见你看不见的"和"我能感觉到你感觉不到的"。在游戏中梳理您的感官知觉，训练您的注意力。

- 过程就是目的：光脚在地板上走几步，感觉一下脚掌是如何与地面接触的，以及走路时你是如何呼吸的等等。

跟随格林兄弟的脚步

众所周知，《格林童话》并不是格林兄弟自己写出来的，而是两兄弟从民间搜集整理而成的。

雅各布•路德维希•格林（1785–1863）和威廉姆•卡尔•格林（1786–1859）从1806年起就开始搜集童话故事、民间故事和寓言故事，随后加工成了闻名世界的《格林童话》。他们把民众口口相传的故事搜集起来，再用统一的语言风格予以加工润色，为他们提供素材的人来自欧洲大陆上的各个国家，其中尤以德洛特亚•维曼（1755–1815）最为出名。她的父亲是一位虔诚的胡格诺教徒，自己经营了一间小旅馆。她为格林兄弟提供了许多法国民间故事作为素材，而这些故事都是她从住店的过路商人、旅行的人和走街串巷的手工工匠那里听来的，这些故事里有民间故事、

寓言故事，还有童话故事。她不厌其烦地一则一则讲给格林兄弟听。

另一位与格林兄弟同时代的著名"童话搜集家"是路德维希•白希斯坦（1801–1860）。

两兄弟的贡献不仅体现在把搜集来的故事用书面形式记录下来，方便其流传于后世，还体现在通过追本溯源理清了民间故事的来龙去脉和发展过程，使得童话故事逐渐成为了一门新的文学流派，其中威廉姆•格林的贡献稍大一些。

经过两兄弟各自的不懈努力与互相团结合作，首版《格林童话》于1812年问世。1815年第二次再版。随后的几年中，《格林童话》被不断再版：删除了一些，重新增补了一些，还对其中的某些人物进行了修改润色。1822年的第三版《格林童话》中对前两版予以了肯定。

《格林童话》是格林兄弟最著名的作品，他们撰写的其他童话故事集，比如《德国英雄故事传说》，名气就远远不及《格林童话》。雅各布•格林还是一位语言学家，著有《德语语法》一书。他的著作《德国神话》对后世的神话研究产生了巨大的影响。

2005年《格林童话》手稿被教科文组织列入世界文化遗产名录。

如果您对格林兄弟的生平事迹感兴趣，您可以参观卡塞尔的格林兄弟协会的格林兄弟博物馆，了解更多的信息。

本书中的童话故事还涉及到如下主题

灰姑娘 本书第86页	重组家庭和宽容 兄弟姐妹之间的互相竞争 嫉妒 傲慢自大 屈辱 肆无忌惮 雄心壮志 求助他人 自我评价 公平 死亡/悲伤

青蛙王子 本书第166页	承诺和信任 情感 孤独 忠诚 顺从 后果 亲密 遵守原则 可靠
兔子和刺猬 本书第58页	压力 竞争压力 傲慢自大 雄心壮志 自信 积极和机智的解决问题 团队精神 家庭凝聚力
狼和七只小羊 本书第200页	警惕 信任和警觉 父母的照顾
蜜蜂王后 本书第132页	尊敬和勇气 困扰 鲁莽 无知愚昧 宽容 感恩 责任心 顺应大自然
死神的使者 本书第190页	死亡 出生与去世（人的一生） 乐于助人 勇气

不莱梅的音乐家 本书第70页	团队精神 恐惧和勇气 友谊 尊重 乐观主义和信心 找准自己的位置
星星塔勒 本书第80页	分享 孤独 疑虑
霍勒婆婆 本书第154页	勤奋和懒惰 耐心 鲁莽 嫉妒 兄弟姐妹之间的互相竞争 选择权（自愿与强制） 感恩/忘恩负义 公平
刺猬汉斯 本书第144页	与众不同与困难重重 孤独 困扰 孤立 找准自己的位置
汉斯与格瑞特 本书第44页	恐惧与勇气 自信心 兄弟姐妹 父母分离 厌食 创造力 信任与警觉

约丽丹和约雷德尔 本书第178页.	悲伤 自信心（听从内心的声音，生发新的希望） 界限 耐心 承受力
画眉嘴国王 本书第118页	困扰 傲慢自大 谦恭 轻率 后果 公平 学习能力
侏儒怪 本书第32页	真话与谎话 无能为力 愤怒 契约 直言不讳
白雪公主 本书第102页	嫉妒 虚荣 自私 友谊／关怀